Die Frau ohne Schatten – so wird die Tochter des Geisterfürsten Keikobad genannt. Verwandelt in eine Gazelle, wurde sie vom Kaiser der südöstlichen Inseln bei der Jagd verletzt und ist seit einem Jahr seine Frau. Doch auf der Heirat lastet ein Fluch. Wirft die Kaiserin in drei Tagen keinen Schatten, so wird der Kaiser zu Stein und die Kaiserin muß den Geliebten verlassen. Deshalb steigt sie mit ihrer Amme hinab ins Menschenreich, um einer jungen Färbersfrau den Schatten abzukaufen. Mit diesem grandiosen Kunstmärchen von Schuld, Prüfung, Liebe und Erlösung gibt Hofmannsthal seiner Idee von der Verkettung alles Irdischen den sprachmächtigsten Ausdruck. In ihrer barocken Pracht und zauberhaften Magie ist diese grandiose Erzählung nach wie vor unerschöpflich.

Hugo von Hofmannsthal, als Sohn eines Bankdirektors am 1. Februar 1874 in Wien geboren, verfaßte schon in früher Jugend Gedichte und Versdramen, die seinen Ruhm begründeten. Er studierte zunächst Jura, dann Romanistik und promovierte 1898. Die größte Popularität erreichte Hofmannsthal mit seinen in Zusammenarbeit mit Richard Strauss entstandenen Operndichtungen und mit ›Jedermann‹. Hugo von Hofmannsthal starb am 15. 7. 1929 in Rodaun.

Erzählerbibliothek

Hugo von Hofmannsthal
Die Frau ohne Schatten
Erzählung

Fischer
Taschenbuch
Verlag

Textgrundlage dieser Ausgabe sind
die Seiten 107–196 des Bandes
Hugo von Hofmannsthal ›Erzählungen I‹:
Sämtliche Werke, Kritische Ausgabe, Band XXVIII;
herausgegeben von Ellen Ritter;
Frankfurt am Main: S. Fischer Verlag 1975

Veröffentlicht im Fischer Taschenbuch Verlag GmbH,
Frankfurt am Main, November 1998

Die Frau ohne Schatten

Der Kaiser war bei der Kaiserin, die des Sommers wegen ihr Gemach auf der obersten Terrasse des blauen Palastes bewohnte. Die Amme verharrte ihrer Gewohnheit nach wachend auf der Terrasse und überdachte zornig das Geschick, das ihre Herrin, eine Fee und eifersüchtig behütete Tochter des mächtigen Geisterfürsten, als Gattin in die Hände eines sterblichen Mannes gegeben hatte, mochte er gleich der Kaiser der Südöstlichen Inseln sein. In ihrer Einbildung verweilte sie, wie so oft, mit dem ihr anvertrauten Feenkinde noch auf der einsamen kleinen Insel, umflossen von dem ebenholzschwarzen Wasser des Bergsees, den die sieben Mondberge einschlossen, wo sie stille abgeschiedene Jahre verbracht hatten. Wieder meinte sie dem halbwüchsigen Kinde zuzusehen, das sich vor ihren Augen in einen hellroten Fisch verwandelte und leuchtend die dunkle Flut durchstrich, oder die Gestalt eines Vogels annahm und zwischen düsteren Zweigen hinflatterte. Aber mitten in ihre träumenden Gedanken brach mit Gewalt das widerwärtige zweideutige Gefühl der Gegenwart. Mit einem unwillkürlichen Seufzer öffnete sie ganz die Augen und spähte in die schöne Finsternis hinaus. Eine Erhellung über dem großen Teich fiel ihr bald auf. Das Leuchtende kam rasch näher, die Baumwipfel empfingen, wie es darüber hinging, einen Schein. An ihrem Bangen fühlte sie, daß es ein Wesen aus jener Welt war, der sie

angehörte und der sich zuzurechnen sie seit einem
Jahr kaum mehr den Mut hatte: doch war es nicht
Keikobad der Geisterkönig selber, der Vater ihrer
Herrin, sonst hätte sie heftiger gezittert. Wie die Terrasse sich erhellte, traf sie der Anhauch der Geister-
welt bis ins Mark. Der Bote stand vor ihr auf dem
flachen Dach, er trug einen Harnisch aus blauen
Schuppen, der seinen gedrungenen Leib eng umschloß. Sein blauschwarzes Haar war geflochten, und
seine Augen funkelten. – Wer bist du, fragte die Amme
erschrocken, dich habe ich nie gesehen. – Ich bin der
Zwölfte, das mag dir genügen, entgegnete der Bote.
Es ist an mir zu fragen, an dir zu antworten. Trägt sie
diesmal ein Ungeborenes im Schoß? Ist das Verhaßte
in diesem Monat geschehen? Dann wehe dir und mir
und uns allen. – Die Amme verneinte heftig. – Also
wirft sie noch keinen Schatten? fragte der Bote weiter. – Keinen, rief die Amme, ich darf es dir beteuern
wie den Elf, die vor dir kamen, sooft ein Mond geschwunden war. So wenig wirft sie Schatten, als wenn
ihr Leib von Bergkristall wäre. Ja, was sie hinter sich
läßt, Steine, Rasen oder Wasser, leuchtet nachher stärker auf, so als wären es Smaragden und Topas. – Danke deinem Schöpfer, daß dem so ist, danke ihm auf den
Knien, leichtfertiges strafbares Weib. – Leichtfertig!
Strafbar! Sollte ich einen glitschigen Fisch im Wasser
mit meinen Händen packen? Konnte ich eine junge
störrische Gazelle an den Hörnern festhalten? Warum
hat er ihr die Gabe der Verwandlung gegeben? So war
sie ja schon den Menschen verfallen! Was fruchtete
meine Wachsamkeit, meine beständige Angst! – Ge-

prüft müssen alle werden, entgegnete der Bote. – Und warum, gab die Amme zurück, hat sie die schöne Gabe wiederum verloren, die ihr jetzt nottäte, wodurch sie vielleicht dem Verhängnis auf dem gleichen Wege, wo sie ihm verfiel, längst wieder entschlüpft wäre! – Alles ist an eine Zeit gebunden, sonst wären es keine Prüfungen. Zwölf Monde sind hinab, drei Tage kommen nun! – Drei Tage! rief die Amme voll unmäßiger Freude. – Der Bote sah sie streng an. Wer hat dich belehrt, sagte er, die Augenblicke gegeneinander abzuschätzen? Nimm dich zusammen und wache über ihr mit hundert Augen. Das goldene Wasser ist auf der Wanderschaft, es wäre nicht gut, wenn sie ihm begegnete. – Das Wasser des Lebens? rief die Amme, ich habe es nie springen sehen, ich weiß, es ist voll geheimer Gaben, könnte es ihr zu einem Schatten verhelfen? – Sie hätte gerne noch viel gefragt, aber ihr war, als hörte sie hinter sich im Schlafgemach ein Geräusch. Sie wandte den Kopf und sah beim matten Schein der Ampel den Kaiser, der sich leise von der Seite seiner schlafenden Frau erhoben hatte und völlig angekleidet dastand. Schnell kehrte die Amme sich wieder um: der Bote war verschwunden, und es schien die Helligkeit, die ihn umgab, sich in die ganze Atmosphäre verteilt zu haben. Der Kaiser trat leichten Fußes über den Leib der Amme hinweg, die ihr Gesicht an den Boden drückte. Er achtete ihrer so wenig, als läge hier nur ein Stück Teppich. Er ging schnell bis an den Rand des Daches vor, und sein vorgebogener Kopf spähte in die fahle Dämmerung hinaus. Die erfrischte Luft trug ihm aus mäßiger Ferne zu, was er

zu hören begehrte. Man führte leise durch die Plata-
nen sein Pferd heran, dem er die Hufe stets mit Tü-
chern zu umwinden befohlen hatte; denn es war seine
Gewohnheit, zeitig vor Tag zur Jagd auszureiten und
seine Gemahlin noch schlummernd zurückzulassen,
abends aber erst spät heimzukehren, wenn schon Fak-
keln auf den Absätzen der Treppe brannten und das
Schlafgemach von den neun Lampen einer Ampel
sanft erleuchtet war. Immerhin hatte er noch keine
einzige Nacht dieses Jahres, dessen zwölfter Monat
eben zu Ende gegangen war, bei seiner Frau zu ver-
bringen versäumt. Die Amme war hineingegangen
und hatte sich zu den Füßen der Schlafenden auf den
Rand des Bettes niedergesetzt; mit zweideutiger Zärtlichkeit betrachtete sie ihr Pflegekind. Sie nahm eine
Lampe aus der Ampel und hielt sie seitwärts: kein
Schatten des Hauptes, der Schultern, der schönen
schmalen Hüften ließ sich an der Wand erblicken. Die
Schlafende warf sich herum, ihr Gesicht zog sich
schmerzlich zusammen, ein leises Stöhnen drang
durch die Kehle bis an die Lippen. Auf einmal schlug
sie die Augen auf, setzte sich im Bette auf und war
nun so völlig wach wie die Tiere des Waldes, die den
Schlaf in einem Nu abwerfen. – Er ist fort, sagte sie,
und diesmal bleibt er drei Nächte aus. – Die Amme
zuckte, sie dachte an das Wort des Boten, aber sie
beherrschte sich schnell. – Wovon träumst du, wenn
du schläfst? fragte sie hastig, deine Träume sind
schlimm. – Er ist hinaus ins Gebirge seinen roten Falken suchen, sagte die Kaiserin, und er wird nicht ru-
hen, bis er ihn gefunden hat, und müßte er dreißig

Tage und dreißig Nächte fortbleiben. – Wehe, daß wir unter Menschen gefallen sind, sprach die Amme. Ist es so weit, daß du, wenn du schläfst, schon fast dreinsiehst wie ihresgleichen! – Warum hast du mich nicht schlafen lassen, rief die Kaiserin, wie soll ich die lange Zeit hinbringen, könnte ich ihm nach, ach, daß ich den Talisman verlieren mußte. – Unglückseliges Kind, daß du ihn verlieren konntest! Habe ich dir nicht auf die Seele gebunden, daß du ihn bewahrest: an ihm hängt dein Schicksal. – Das wußte ich freilich nicht, daß er es war, der mir die Kraft gab, aus mir heraus und in den Leib eines Tieres hinüberzuschlüpfen. Nun weiß ich es und bin gestraft. Hätte ich ihn noch, wie lustig wären meine Tage, statt daß sie mir nun zwischen meinen glücklichen Nächten öde und traurig hingehen. Was hätte ich tagsüber für ein Leben, und wie wollte ich jeden Tag in einer anderen Gestalt meinem Herrn in die Hände fallen! – Es ist an einem Mal genug, sagte finster die Amme. – Meinst du denn, erwiderte lebhaft die Kaiserin, er hätte mich damals so schnell erlangt, wenn mir nicht sein roter Falke auf den Kopf geflogen wäre und mich nicht mit unablässigen Schlägen seiner Schwingen geblendet hätte, daß mir Feuer aus den Augen sprang und ich im Dorngebüsch zusammenbrach. – Er konnte wirklich den Speer nach dir werfen, der Mörder, der stumpfäugige Höllensohn? Die Amme schrie auf voll ungestillten Hasses. – Verlangst du, daß er mich in dieser Gestalt hätte erkennen sollen, erwiderte die Kaiserin. Aber er hat es mir seitdem oft geschworen, der Blick, der aus dem Auge der Gazelle brach, machte, daß sein Arm

unsicher war und der Speer mich nur an der Seite des
Halses ritzte wie ein Dorn, anstatt mir die Kehle zu
durchbohren. – Die Amme stieß einen halben Fluch
aus. – Es war freilich an der Zeit, daß ich mich nicht
nur durch einen Blick verriet, sondern schneller als
ich es jetzt sage, aus dem Leib der Gazelle mich in
diesen meinen eigenen hinüberwarf und die Arme
flehend zu ihm aufhob. Denn er war schon vom Pferd
gesprungen und hatte den zweiten Wurfspeer, der ihm
noch blieb, gezückt; seine Augen waren rot von der
Hast und Wildheit der Verfolgung, und seine Züge
waren gespannt, daß ich vor ihm, die ihn selbst seit
dem ersten Blick liebte und unablässig an mich heran-
gelockt hatte, grausige Todesfurcht empfand und laut
aufschrie. Und erst dieser Schrei, so hat er mir gesagt,
hat ihn aus der Besessenheit aufgeweckt und uns beiden das Leben gerettet. Nie aber, fügte sie leiser hinzu, ist einer Frau ein herrlicherer Anblick zuteil geworden als auf dem Antlitz meines Liebsten der jähe
Übergang von der tödlichen Drohung des Jägers zu
der sanften Beseligung des Liebenden. Ach und nur
einmal und nie wieder bin ich so die seinige geworden
und soll nie wieder sein Gesicht so übergehen sehen.
Sie schlug die Augen wieder auf und fuhr fort: – Er
hat mir zugeschworen, daß ein sterblicher Mensch,
wie er, ein Glück von solcher jähen Stärke nicht öfter
als einmal im Leben ertragen könnte. Es mag wahr
sein, denn ich habe ihn unmittelbar nach jener Stunde
wie einen Rasenden gesehen, als sein roter Falke ihm
unter die Augen kam und er das Tier mit Steinwürfen
verfolgte, ja in sinnloser Wut dreimal den Dolch nach

dem Vogel warf, dafür, daß dieser mit seinen Schwingen meine Augen geschlagen hatte, und nie vergesse ich den Blick, mit dem der blutende Falke von einem hohen Stein aus seinen Herrn zum letztenmal lang ansah, ehe er sich abwandte, und mit gräßlich zuckenden mühsamen Flügelschlägen in die Dämmerung hinein entschwand. – Die Amme war aufgestanden und auf das flache Dach hinausgetreten; die Geschichte jener Jagd und ersten Liebesstunde kannte sie genau genug: dies alles war wie mit einem glühenden Griffel ihrer Seele eingebrannt. An dem Schicksal des Falken nahm sie ebensowenig Anteil als an dem Glück der Liebenden, dessen Flammen die Wiederkehr von dreihundert Nächten nicht schwächer lodern machte. Ein Gedanke allein erfüllte sie: sie konnte es kaum erwarten, die Sonne hervortreten zu sehen, die fahle Dämmerung war ihr unerträglich: alle Wesen sollten einen Schatten werfen, damit die Einzige, die keinen würfe, um so herrlicher ausgesondert wäre; mit jedem Blick wollte sie sich des Zustandes vergewissern können, an den, wenn er jetzt nur noch drei Tage lang anhielte, eine fürchterliche Schicksalswendung geknüpft war. Voll Ungeduld blickte sie in den Himmel empor, der schon erhellt die Farbe von grünlichem Türkis annahm: ihr scharfes Auge gewahrte einen Vogel, der in der höchsten Höhe langsam kreiste: aber auch auf ihm war noch kein Abglanz der Sonne. Die Kaiserin war gleichfalls hinausgetreten, die Amme fragte nochmals: – Wovon hast du vor dem Erwachen geträumt? – Ich glaube, von Menschen, antwortete die Kaiserin. – Gräßlich genug, entgegnete die Amme. Es

war an deinem Gesicht zu lesen, daß du von Häß-
lichem träumtest. Wehe, daß wir hier sind, wehe, der
es verschuldet hat. – Warum sind Menschengesichter
so wild und häßlich, und Tiergesichter so redlich und
schön? sagte die Kaiserin. – Vor seinesgleichen graut
es sie, murmelte die Amme vor sich hin, ihn sieht sie
nicht. Daß ich noch einmal eine Otter wäre und ein
gähfließendes Bergwasser quer durchstriche, sagte die
Kaiserin. Ungewiesen seinen Weg finden wie die
Schlange an der Erde und wie der Weih in der Luft ist
Seligkeit, aber Liebe ist mehr. – Sich an die Menschen
hängen, murmelte die Amme, heißt sich ausgießen in
ein durchlöchertes Faß. – Die Kaiserin wurde den Falken gewahr, der hoch oben kreiste, und die Amme sah
mit Lust auf seinen Schwingen den Abglanz der Sonne. Er schien sich langsam niederzulassen, aber das
Licht blieb bei ihm: seine Fänge blitzten wie Edelsteine, oder er hielt einen Edelstein in den Fängen. – O
glücklicher Tag, rief die Kaiserin mit einemmal, es ist
der rote Falke, der Liebling meines Herrn. Er ist ge-
heilt von seiner Wunde, er hat uns vergeben. – Der
Falke hing mit ausgebreiteten Schwingen in der
Luft. – Der Talisman, schrie die Kaiserin auf, er hat
ihn, er bringt ihn mir wieder. – Die Amme lief und
brachte ein grünseidenes von Perlen und Edelsteinen
funkelndes Obergewand. Sie hielten es empor: – Sieh,
wie wir dich und deine Geschenke ehren, du Guter,
riefen sie laut, du Königlicher, du Großmütiger! – Der
Falke schwebte mit einem einzigen Flügelschlag in einem sanften Bogen nach oben und seitwärts, dann ließ
er sich jäh niedergleiten, ein Sausen schlug an den

Gesichtern der beiden Frauen vorbei, in einem Nu
war der Vogel wieder hoch oben in der Luft, auf dem
Gewande lag der Talisman; die Schriftzeichen, die in
den fahlweißen flachen Stein gegraben waren, glom-
men wie Feuer und zuckten wie Blicke. – Ich kann die
Schrift lesen, sagte die Kaiserin und verfärbte sich. –
Die Amme schauderte, denn ihr waren die Zeichen
undurchdringlich wie eh und immer. Ein seltsamer,
zweischneidiger Gedanke durchfuhr sie, sie griff
schnell nach dem Stein, sie wollte ihn wegreißen, die
Schrift verdecken: es war zu spät, die Zeichen waren
in Blitzeseile gelesen und sogleich der Sinn durch-
drungen. Mit erstarrtem Arm hielt die Kaiserin den
Talisman vor sich hin: es war als sähe sie durch ihn in
die Hölle hinab; über ihren Mund kamen Worte nicht
wie eines, der sein Urteil abliest, sondern gräßlicher
wie aus der Brust eines Tiefschlafenden starr und
furchtbar: – Fluch und Tod dem Sterblichen, der diesen Gürtel löst, zu Stein wird die Hand, die es tat,
wofern sie nicht der Erde mit dem Schatten ihr Geschick abkauft, zu Stein der Leib, an den die Hand
gehört, zu Stein das Auge, das dem Leib dabei ge-
leuchtet – innen der Sinn bleibt lebendig, den ewigen
Tod zu schmecken mit der Zunge des Lebens – die
Frist ist gesetzt nach Gezeiten der Sterne. – Mir ist,
sagte die Kaiserin und ließ den Arm sinken, ich weiß
es von der Wiege an, vielleicht hat es mein Vater mir,
als ich schlief, ins Ohr geraunt, wehe mir, daß ich es
habe vergessen können! – Die Amme blieb still wie
das Grab. – Nun verstehe ich, was ich nicht verstand,
sagte die Kaiserin und hing den Talisman an die Per-

lenschnur zwischen ihren Brüsten. Aber ihre aufgerissenen Augen wußten nichts von dem, was ihre schlafwandelnden Hände taten: – Der Schatten ist mein Schatten, den ich nicht werfe, ich habe meinen Herrn dergleichen sprechen hören mit einem seiner Vertrauten, er sagte: Ich will nicht zu Gericht sitzen über die Meinigen und kein Bluturteil sprechen, ehe ich der Erde nicht mein Leben heimgezahlt habe. Es ist das Schattenwerfen, mit dem sie der Erde ihr Dasein heimzahlen. Ich wußte nicht, daß ihnen dieses dunkle Ding so viel gilt. Fluch über mich, daß ich es alles habe gleichgültig anhören können, als ginge es mich nichts an! Ich selber werde sein Tod sein, darum, weil ich auf der Erde gehe und keinen Schatten werfe! – Die erste Erstarrung wich einer tödlichen Angst. Unsagbar war das Verlangen, den Geliebten zu retten. Sie umklammerte die Amme: ihr war, als müsse Hilfe und Rettung von dieser einzigen Freundin kommen, zu der sie als Kind mit ihren Ängsten und Bedürfnissen so oft geflüchtet war. – Du hast mich nie im Stich gelassen, rief sie und drückte heftig die Arme um den Leib der Alten zusammen, hilf mir, du Einzige! Du hast mir alles verziehen, nachgewandert bist du mir von unserer Insel, bist über die Mondberge geklettert, drei Monate bist du in den Städten und Dörfern herumgezogen, bis du erfragt hattest, wo ich hingeraten war, unter den Menschen hast du gewohnt, vor denen es dich schauderte, hast mit ihnen gegessen und geschlafen, ihren Atem über dich ergehen lassen, und alles um meinetwillen, hilf mir du, dir ist nichts verborgen, du findest die Wege und ahndest die Mittel, die Bedingungen sind dir offenbar, das Verbotene weißt du zu umgehen! Hilf mir zu einem Schatten, du Einzige! Zeige mir, wo ich ihn finde, und müßte ich mein Gewand abwerfen und hinabtauchen ins tiefste Meer. Weise mich an, wie ich ihn kaufe, und müßte ich alles für ihn geben, was die Freigebigkeit meines Geliebten auf mich gehäuft hat, ja die Hälfte des Blutes aus meinen Adern! – Das Schweigen der Alten ängstigte sie noch mehr, sie wollte ihr ins Gesicht sehen. Eben brachen querüber die ersten Strahlen der Sonne wie Fackeln herein. Der gräßlich verschlagene, an sich haltende Ausdruck im Gesicht der Amme durchfuhr sie, sie fühlte sich verlassen wie noch nie im Leben, das seit der Kindheit Vertraute wich von ihr, sie war allein. Aber sie war von den Wesen, deren Kräfte mit dem Widerstand wachsen. – Du weißt es, böse Alte, rief sie, du hast es seit je gewußt, du hast es kommen sehen und dich gefreut, du kennst wohl auch die Frist, und dem Tag, der mich tötet, zählst du mit Lust die Tage entgegen wie einem Fest. Dir ist er auch ein Fest, er kommt und bringt dir Lohn oder Nachsicht der Strafe, mein Vater wird wissen, womit er ein feiges, zweideutiges Herz gekauft hat. Allein du hast dich verrechnet, du wolltest mich bewußtlos meinem Unheil ausliefern, aber es ist ein Vogel des Himmels gekommen und hat mich gewarnt. Ich wache und bin mir der Gewalt bewußt, die mir über dich zusteht. Ich will die Frist nicht wissen, vielleicht läuft sie in dieser Stunde ab, und ich könnte erstarren, wenn ich es wüßte. Ich frage dich nichts, ich gebiete dir, daß du mir einen Schatten schaffest, und müßtest du darüber dein

Leben lassen und ich mit dir, ja sollten wir beide dabei mit lebendigem Herzen zu Stein werden. Mein Vater ist weit, und ich bin dir nahe, auf und mir voran, ich hinter dir, und schaffe mir, bei den gewaltigen Namen! den Schatten. Hier und nicht anderswo wird der Weg angetreten, heute und nicht morgen, in dieser Stunde und nicht bis die Sonne höher steht. – Die Amme erzitterte, sie wußte nicht, was sie erwidern sollte, alles, was ihre Schlauheit ausgesonnen hatte, was sich ihr fast zur Gewißheit der Befreiung verdichtet hatte, alles wurde verschwimmend vor ihrem Blick. Die Schlafende, schmerzlich Zuckende, die einer irdischen Frau glich, hatte sie mit verachtender Zärtlichkeit angeblickt und beinahe gehaßt. Nun stand wieder die unbedingte Herrin vor ihr, und die Lust des Dienenmüssens durchdrang die Alte von oben bis unten. Sie fing etwas unbestimmtes Beruhigendes zu reden an. – Kein Wort, rief die Herrin, als das Wort der Wegweisung, keine Ausflüchte, denn du weißt, keine Zögerung, denn mir brennen die Sekunden auf dem Herzen. – Kind, wüßte ich gleich die Wege und ahndete mir vielleicht, unter welchen Bedingungen ein Schatten sich erwerben ließe ... – Das ist es, rief die junge Frau, dorthin! Du voran, ich hinter dir, in diesem Atemzug. Erwerben ist auch nicht das richtige Wort, murmelte die Amme, abdienen vielleicht, ablisten noch eher dem rechtmäßigen Besitzer. – Hin dort, wo ein solcher wohnt, und wäre es ein Drache mit seiner Brut! – Vielleicht etwas Schlimmeres, schwant dir nichts? – Voran, du Umständliche, du Doppelzüngige, schrie die Herrin zornig und zerrte die Alte vom Boden auf. Du bist mir schlimmer als ein Drache. – Schlimmer als ein Drache, abscheulicher dem Auge, widerwärtiger der Seele, sagte die Alte und sah der jungen Frau starr ins Gesicht, ist ein Mensch. – Führe mich zu dem Menschen, dem sein Schatten feil ist, daß ich ihn kaufen kann, ich will seine Füße küssen. – Wahnwitziges Kind, rief die Amme, weißt du, was du sagst! Schauderts dich nicht vor ihnen bis in deine Träume hinein, so wenig du von ihnen weißt? Und nun – hausen willst du mit ihnen! Handeln mit ihnen? Rede um Rede, Atem um Atem? Ihre Blicke erspähen? Ihrer Bosheit dich schmiegen? Ihrer Niedrigkeit schmeicheln? Ihnen dienen? Denn auf das läufts hinaus. Grausts dich nicht? – Ich will den Schatten, rief die Kaiserin, hinab mit uns, daß ich ihrer einem diene um den Schatten. Wo steht das Haus, bringe mich zu ihm! Ich will! – Das Haus? entgegnete die Amme, und ihr Blick wurde blöde, wüßte ich, wo das steht, so wären wir weiter als wir sind. Wir müssen es finden. – Die Junge hing am Munde der Alten: sie erkannte, daß das, was sie jetzt gesprochen hatte, die Wahrheit war, und sie erblaßte noch tiefer. – Du weißt nicht den Menschen noch das Haus, flüsterte sie, so gilt es, daß wir beide suchen und beide finden, du voran, ich hinter dir. – Ihr fester Mut loderte in ihr wie eine Flamme in einem Gefäß von Alabaster. – Ich weiß, daß ihnen alles feil ist, das ist alles, was ich weiß, sagte die Amme. Auf nun du und schreibe einen Brief an deinen Gebieter. – Was soll ich schreiben, fragte die Kaiserin gehorsam wie ein Kind. – Die kluge Alte riet ihr, wie sie den Brief abfassen sollte. Es galt ihre

Abwesenheit vom blauen Palaste unauffällig zu machen, aber nichts sollte von dem gesagt sein, was sie ängstigte, noch weniger etwas von dem, was sie vorhatte. Sie hielt das Blatt aus geglätteter Schwanenhaut zierlich auf der flachen linken Hand, sie malte mit der rechten die Zeichen hin, aber die Hand wurde ihr schwer, Seufzer über Seufzer drang aus ihrem Mund. Wie harmlos immer sie die Zeichen setzte, wie schön sie sie anordnete, immer wieder schien sich die Ankündigung des Unheils durchzudrängen. Alles schien ihr zweideutig, die schönen Zeichen selber wurden ihr fürchterlich, unter Seufzern brachte sie den Brief zu Ende, eine kristallene Träne fiel auf die Schwanenhaut. Die Amme sah zu, sie verstand nicht, was da so schwer war. Sie nahm den Brief aus der Hand, rollte und faltete ihn zusammen, umhüllte ihn mit einem perlengestickten Tüchlein und schob alles in eine flache Hülse aus vergoldetem Leder. Die Kaiserin zog ihr eigenes Haarband durch die goldenen Ösen an der Hülse, sie knüpfte es in einen Knoten, den nur der Kaiser zu lösen verstand. Der Brief war geschlossen und bald einem Boten übergeben, der wohlberitten und der Wege kundig war.

Indessen er auf einem schnellen Paßgänger dahinritt, die Jagd einzuholen, glitt die Amme voran, die Kaiserin hinter ihr durch die Luft hinab und ließen sich in der volkreichsten Stadt der Südöstlichen Inseln zur Erde nieder. Sie hatten dürftige Kleider, das der Alten war aus schwarz und weißen Flicken zusammengesetzt, daß sie erschien wie eine gesprenkelte Schlange, die Junge sah noch unscheinbarer aus und ihr strahlendes Gesicht war durch Bestreichen mit einem dunklen Saft unkenntlich gemacht. Niemand achtete der Beiden, sie schritten eilig am Gelände des Flusses hin, der die große Stadt durchfloß. Das gelbliche Wasser trug große Flecken von dunkler Farbe dahin, die sich aus dem Viertel der Färber, das oberhalb der Brücke lag, immer erneuten; vom andern Ufer, wo die niedrigen Häuser der Loh- und Weißgerber standen, drang der scharfe Geruch der Lohe herüber und Häute von Tieren waren an den Abhängen des Flusses mit kleinen Holzpflöcken zum Trocknen ausgespannt. Herüben wohnten die Huf- und Nagelschmiede, und die Luft war erfüllt vom Getöse fallender Hämmer, vom Widerschein offener Feuer, vom Geruch verbrannten Hufes. Die Amme ging rasch und sicher, als folge sie einer Spur, die Kaiserin lief hinter ihr drein. Sie kamen auf eine Brücke, über die viele Leute sich schoben, Lastträger, Soldaten, zweirädrige Wagen und Berittene. Die Amme drang durch die Menschen hindurch, die Kaiserin wollte dicht hinter ihr bleiben, aber es gelang ihr nicht. Das Fürchterliche in den Gesichtern der Menschen traf sie aus solcher Nähe, wie noch nie. Mutig wollte sie hart an ihnen vorbei, ihre Füße vermochten es, ihr Herz nicht. Jede Hand, die sich regte, schien nach ihr zu greifen, gräßlich waren so viele Münder in solcher Nähe. Die erbarmungslosen, gierigen, und dabei, wie ihr vorkam, angstvollen Blicke aus so vielen Gesichtern vereinigten sich in ihrer Brust. Sie sah die Amme vor sich, die nach ihr umblickte, sie wollte nach, sie ging fast unter in einem Knäuel von Menschen, auf einmal war sie vor den Hufen eines großen Maulesels, der wissende, sanfte Blick des Tieres traf sie, sie erholte sich an ihm. Der Reiter schlug den Esel, der zögerte, die zitternde Frau nicht zu treten, mit dem Stock über den Kopf. – Ist es an dem, daß ich mich in ein Tier verwandeln und mich den grausamen Händen der Menschen preisgeben muß? ging es durch ihre Seele und sie schauderte, dabei vergaß sie sich einen Augenblick und fand sich, vom Strome geschoben, am Ende der Brücke, sie wußte nicht wie. – Sie sah die Amme bei einer Garküche stehen, einer offenen Bude, und auf sie warten. Die Leiber schöner, kleiner rosiggoldener Fische lagen da, in denen die Hände eines Negers wühlten. An einem Balken hing ein enthäutetes Lamm mit dem Kopf nach abwärts und sah sie mit sanften Augen an. Ein Arm zog sie an sich, es war die Amme, die gesehen hatte, daß sie sich verfärbte und für kurz die Augen schloß, und die sie aus dem Gedränge in eine kleine Seitengasse riß. Hier gingen wenige Menschen vorbei, sie waren mit Ballen Tuches beladen, an den Häusern hingen hie und da große Streifen gefärbten Zeuges von Trockenstangen herab. Halbwüchsige Kinder schleppten Tröge und dunkelfarbiges Zeug zum Schwemmen. Die Alte war stehengeblieben vor einem niedrigen Haus unter den Häusern der Färber und horchte auf die Stimmen von Streitenden, die aus dem Innern drangen. Mehrere Männerstimmen ließen sich aufgebracht vernehmen, die Stimme einer noch jungen Frau erwiderte ihnen böse und herrisch; dann

mischte sich eine andere Männerstimme ein von tiefem, gelassenem Klang, die anscheinend zum Frieden
redete. Aber die Stimme der jungen Frau erhob sich
böser und herrischer als zuvor. – Die Stimme gefällt
mir, sagte die Amme und winkte der Kaiserin, sich
dicht an die Mauer zu stellen. – Der Zank drinnen
wurde heftiger, endlich sagte die tiefe Stimme, die am
wenigsten gesprochen hatte, etwas Befehlendes sehr
nachdrücklich, wenn auch mit völliger Gelassenheit.
Darauf näherten sich die anderen Männerstimmen,
die unzufrieden und mißtönend waren, der Haustür.
Die Amme tat als ginge sie weiter, aber so langsam,
als wäre sie sehr alt und krank und vermöchte mit
jedem Schritt nur ein Geringes zurückzulegen. Die
Kaiserin schlich neben ihr hin; aus dem Haus traten
drei Männer, ein einäugiger, ein einarmiger und ein
dritter viel jüngerer, der verwachsen war und aus ge-
lähmter Hüfte hinkte. – Wahrlich, meine Brüder, sagte der Einäugige, der der älteste schien, der Büttel,
der mir vor zweiundzwanzig Jahren mein Auge aus-
stieß, hat an mir nicht getan wie unseres Bruders Frau
an unserem Bruder tut. – Wahrlich nein, sagte der
Einarmige, indem sie die Gasse hingingen, und die
verfluchte Ölmühle, die mir vor fünfzehn Jahren meinen Arm ausriß, hat an mir nicht getan wie sie an ihm
tut. – Und das Kamel, das mir vor neun Jahren meinen
Rücken krumm trat, nicht an mir! setzte der Jüngste
hinzu. – Wahrlich, dieses Weib, unsere Schwägerin,
sagte der Älteste wieder, ist durch ihren Hochmut und
ihre Bosheit ein pestgleiches Übel und darum bleibt
sie unfruchtbar, obwohl sie jung und schön ist und

obwohl unser Bruder ein Mann unter den Männern
ist. – Das ist unser Haus, sagte die Amme, und wandte
sich im Rücken der drei Männer wieder dem Färberhaus zu. – Sie trat schnell ins Haus, glitt durch den
Flur und in einen niedrigen Schuppen, der vor Alter
dem Zusammenstürzen nahe war, und zog die Kaiserin hinter sich. – Wir müssen warten, bis der Mann
aus dem Hause ist, flüsterte sie ihr zu, und zeigte auf
einen Spalt in der Lehmwand, an den sie ihr Auge
legte. – Sie wies der Kaiserin einen andern Spalt und
beide blickten sie in das einzige Gemach des Hauses.
Die Kaiserin sah eine junge Frau, sehr ärmlich gekleidet, mit einem hübschen aber unzufriedenen Gesicht
auf der Erde sitzen und festgeschlossenen Mundes ins
Leere schauen, und sie sah einen großen, stämmigen
Mann von etwa vierzig Jahren, welcher mit seinen
dunkelblauen Händen einen ungeheuren Ballen von
scharlachrotem Schabrackentuch aufschichtete und
mit Stricken umwand, um ihn seinem Rücken aufzuladen, der stark war wie der eines Kameles: das war
Barak, der Färber. Unter der Arbeit kehrte er der
Wand sein großes Gesicht zu, worin die Stirne nied-
rig, die Ohren wegstehend und der Mund wie ein
Spalt war. Er erschien der Kaiserin abschreckend häßlich, und die junge Frau dünkte sie böse und gemein.
Man konnte wahrnehmen, daß der Färber gerne zu
seiner Frau gesprochen hätte; als er das Bündel ge-
schnürt hatte, trat er ungeschickt mit seinen gewaltigen Füßen hin und her, tat, als höbe er etwas auf, das
nicht weit von ihr auf dem Boden lag, beschmutzte
seine Hände in einer Pfütze abgeronnenen Farbwas-

sers, murmelte etwas und sah seine Frau von der Seite
an; aber ihr Blick ging beharrlich an ihm vorüber
ins Leere, als wäre er nicht da. Endlich seufzte er,
schwang mit einem Hub die schwere Last auf seinen
Rücken und ging gebeugt wie ein Lasttier, aber mit
festen, gleichmäßigen Schritten, zur Tür hinaus. Als
sich die Frau allein fand, stand sie sogleich auf. Sie
ging träge durchs Zimmer und stieß mit schleppen-
dem Fuß einen alten Steinmörser um, der auf der Erde
stand, und das Gestoßene ergoß sich auf dem fleckigen
Boden. Sie bückte sich halb es aufzusammeln, aber mit
einem verächtlichen Zucken ihrer Lippen ließ sie es
sein. Sie ging auf ihr und des Färbers niedriges Lager
zu, das in der hintersten Ecke an der Ziegelmauer aus
ein paar alten Kissen und Decken zugerichtet war und
brachte es in Ordnung, indem sie, was schief lag, mit
dem Fuß gerade stieß. Dann ging sie wieder weg und
warf aus der Mitte des Zimmers einen bösen Blick auf
das Bett. Gähnend machte sie sich daran aus einem
Mauerloch einen dürftigen Vorrat gelbgrünlicher Oli-
venzweige hervorzusuchen; sie warf das Holz vor der
Feuerstelle, die nichts war als ein rauchgeschwärztes
Loch in der Mauer, zu Boden, und richtete sich wie
einer, der einer langen Arbeit satt ist, langsam auf.
Ihre Hände strichen seitlich an ihrem Leib herab, und
als sie die Schlankheit ihrer Hüften fühlte, lächelte sie
unwillkürlich. – Wir sind soweit, flüsterte die Amme,
hinein mit uns; und sie glitten aus dem Schuppen und
traten völlig in die Tür des Wohngemaches. – Die
Kaiserin hatte noch nie den Fuß über die Schwelle
einer menschlichen Behausung, mit Ausnahme ihres

eigenen Palastes, gesetzt; eine namenlose Bangigkeit
wandelte sie an, wieder mußte sie die Augen schließen
und fühlte sich taumeln, ja fast wäre sie über den langen Stiel einer Schöpfkelle, die auf der Erde lag, hin-
geschlagen und um sich zu stützen griff sie nach einem
an einer Kette hängenden Kessel, der nachgab und sie
mit einer scharlachroten Flüssigkeit bespritzte. Als die
Frau über die Schwelle, an der selten ein fremdes Gesicht erschien, eine alte Person, die einer schwarz-wei-
ßen Elster glich, und eine junge Stolpernde eilfertig
eintreten sah, mußte sie laut auflachen wie ein Kind
und vermochte mit Lachen lange nicht aufzuhören,
indessen die Amme in einem augenblicklichen Wort-
schwall, womit sie sich einführte, alles geschickt zu
wenden und zu nützen wußte. – Es sei kein Wunder,
fing sie an, wenn ihre Tochter gestolpert sei, wenngleich sie dafür um Verzeihung bitte, denn das Kind
sei der Stadt ungewohnt und matt genug geworden
vom Gassenablaufen, Fragen und Suchen – es habe
mancher sie unrecht gewiesen, vielleicht aus Unkennt-
nis, vielleicht aus Bosheit, sie aber habe nicht nachge-
lassen, bis sie das richtige Haus gefunden habe, nun
aber, da sie die auserlesene Schönheit ihrer jungen
Herrin – hier verneigte sie sich vor der Färbersfrau,
und berührte mit ihrer Stirn den Boden und hieß ihre
Tochter das Gleiche tun – mit Augen sehe, sei in ihr
auch nicht mehr der mindeste Zweifel, daß sie am
richtigen Ort sei. – Inwiefern am richtigen Ort? Wer
sie denn geschickt? Zu welchem Ende? Und was das
alles heißen solle? fragte die Färberin, zitternd vor
Staunen. – Als die Alte mit abermaligen Verneigungen

vorbrachte, sie wisse wohl, daß ihre junge Herrin Be-
darf nach Dienerinnen habe, und sie bitte inständig –
hierbei küßte sie der Frau den Saum des Kleides –
die Erfahrenheit ihres noch rüstigen Alters und die
Anstelligkeit ihrer Tochter einer Probe zu würdigen,
wollte sich die junge Frau totlachen, besonders, weil
jede der beiden Fremden von der Berührung des un-
reinlichen Fußbodens einen dunkelblauen Fleck mitten auf der Stirn trug. Darüber, wer es denn gewesen
sei, der sie hierher beschieden und ihr den angeb-
lichen Dienstplatz nachgewiesen habe, ließ sie sich mit
vielen Worten, aber doch nicht ganz deutlich aus. Es
wäre, soviel ergab sich denn endlich, ein Begegnender
auf der Brücke gewesen, nicht auf der neuen Brücke,
sondern auf einer andern, ein junger Mann, fast noch
ein Knabe, ein recht zierlicher; vielleicht habe dieser
aber auch nur im Auftrage des andern gehandelt, eines
etwas älteren, stolzen und vornehmen, wie ein Fürst
dreinsehenden, der sich zuerst seitwärts gehalten,
dann aber doch auch mit ihr geredet; ja, wenn sie es
auch recht bedenke, wäre es wohl dieser: an diesem
habe ihre junge Herrin einen wahrhaft anteilvollen
Verehrer und Freund. Hier zwinkerte sie mit den rot-
umränderten Augen so seltsam und bedeutungsvoll,
daß die Färberin einen Schritt zurücktrat, und mit
dem süßen Schauder der Überraschung in sich
schwor, sie habe in der Welt draußen einen solchen
Freund, wenngleich sie ihn nie gesehen, nie bis zu
dieser Stunde ein Zeichen seines Lebens empfangen
hatte. Die Alte war gleich wieder dicht bei ihr, und
eben weil sie fühlte, daß die Frau sich nicht von ihr

ab, sondern gerade jetzt im Innersten ihr zuwandte, tat sie mit Verstellung, als befürchte sie das Gegenteil, und rief Gott zum Zeugen an, daß ein seltsameres Mißverständnis kaum möglich sei, als wenn sie nun doch an den unrichtigen Ort geraten wäre! Kaum getraue sie sich nun zu fragen, ob denn die weiteren Zeichen stimmten, ob die auserlesen schöne, junge Herrin in der Tat vermählt sei, seit zwei Jahren vermählt und, seltsam genug, kinderlos bis zum heutigen Tag – ei ja, dies wäre sie – und vermählt mit einem Mann aus dem Färberstande von gesetztem Alter – er könnte leichtlich der Vater seiner Frau sein – von plumper Gestalt, mit einem klaffenden Mund und großen Ohren? Ach ja doch, so ungefähr wäre Barak ihr Mann beschaffen. Und ob drei unvermählte Schwäger im Hause wären, böse, lästige Burschen, einarmig, einäugig und bucklig, zänkische Nichtstuer und Schmarotzer am Tisch des Bruders, die der geheimnisvolle Freund hasse bis auf den Tod um der Belästigungen willen, die sie seiner schönen Freundin beständig bereiteten. Von diesem Augenblicke an war für die schöne Färberin nichts so unumstößlich, als daß sie einen verborgenen Freund von wunderbarer Zartheit des Denkens und Fühlens besitze: das schien ihr vor allem köstlich, daß er von ihrem Dasein bis ins einzelne wußte, über ihr wachte, und die Betrübnisse und Kränkungen, an denen ihr junges Leben vermeintlich reich war, mit ihr teilte, wodurch sich ihr die Öde ihrer Lebenstage von innen her so plötzlich durchleuchtete, daß ein Widerschein davon auf ihrem Gesicht aufflammte. – Wohl uns, rief jetzt die Amme,

wir sind vor die rechte Schmiede gekommen! Du bist
es, die Seltene, Auserlesene unter tausenden, von der
ich weiß, was zu wissen mir das alte Herz im Leibe
erwärmt. Du bist es, die über ihren eigenen Schatten
springt, die abgeschworen hat ihres Mannes unabläs-
siger, vergeblicher Umarmung und zu sich selber gesprochen: Ich bin satt worden der Mutterschaft, ehe
ich davon gekostet habe. Du bist es, welche die ewige
Schlankheit des unzerstörten Leibes gewählt hat und
abgesagt in ihrer Weisheit einem zerrütteten Schoß
und den frühwelken Brüsten. – Die Alte sprach diese
Sätze mit lauter Stimme und mit einer Art von feier-
lichem Singsang, und die abscheuliche Fratze, die sie
sich für die Menschenwelt angelegt hatte, glich wirklich dem Kopf einer aufgerichteten gesprenkelten
Schlange. Die Färbersfrau sah ihr auf den zahnlosen
Mund, in dem die zauberisch beredte Zunge zwischen
dünnen Lippen eilig herumfuhr und wußte nicht wie
ihr war: etwas, das diesem ähnlich war, lag seit dem
zweiten Jahre ihrer unfruchtbaren Ehe dunkel in ihr
zwischen Schlafen und Wachen – sie hatte es nie ausgesprochen, auch nie zu sich selber, und doch war es
vielleicht unausgesprochen im Halbschlaf über die
Lippen gekrochen, wenn sie die unermüdliche Zärtlichkeit des starken Färbers mürrisch und träge erwiderte wie ein unwilliges Kind – es war ausgesprochen
und niemand als Barak konnte es wissen, und wenn
diesem sogar etwas davon in die Tiefe seiner Seele
gedrungen war, nie ging ihm solches über die schwere
Zunge, und nun sang es dieses fremde Weib ihr da in
ihre Ohren, daß es klang wie eine Lobpreisung, es war

durchflochten mit Prophezeiung und verknüpft mit
der reizenden Botschaft von einem unbekannten Liebenden; nie hatte ein Mensch so zu ihr gesprochen,
vor Verlegenheit und Wichtigkeit überlief es sie heiß
und kalt, Neugier und Scham riß sie weg und hin zu
der Alten, sie fühlte, wie ihr vor Aufregung das Weinen in die Kehle stieg und verzog den Mund, um es
nicht aufkommen zu lassen und kehrte sich ab. Die
Alte hinter ihrem Rücken machte der Kaiserin heim-
lich Zeichen mit ihren schauerlich zwinkernden, wimperlosen Augen, sie zeigte auf den schwachen Schatten, den die Frau in dem halbdunklen Raum an die
Erde warf und tat als streichelte sie ihn, spreizte die
Finger nach ihm aus, als könnte sie ihn vom Boden
wegreißen und ihrer Herrin zustecken. Dann kroch
sie um die Färberin herum und begann mit neuen zu-
dringlichen Dienstesbezeugungen das Feuer der Verwirrung zu schüren, das sie entzündet hatte. – O Herrin, erbarme dich unser und willfahre uns, die wir dir
dienen wollen! Wie nur können wir deine Zufriedenheit erwerben, daß du uns hier prüfest und dann später
in dein Freudenleben mitnimmst. – Du Närrische,
sagte die Frau, hier und nirgends anders spielt sich
mein Freudenleben ab. Dort die Schöpfkellen sollen
rein werden, die Rührstangen abgekratzt, die Stampfmörser geputzt, der Zuber ausgeleert, der Boden aufgewaschen, der Trog angefüllt, dem kalten Kessel soll
untergeheizt werden und der heiße umgerührt, die
Tierhaut da soll glatt geschabt werden, und der Sack
voll Körner in der Handmühle gemahlen, Öl soll aus
dem Schlauch und Fische in die Pfanne, das Feuer soll

brennen, die Fische sollen braten und Ölfladen gar
werden. Barak, mein Mann, ist hungrig, und das Einaug, der Einarm und der Buckel wollen auch essen. –
Heran, meine Tochter, schrie die Alte wie besessen,
heran und rühre die Hände, wir müssen uns beglaubi-
gen vor unserer Herrin, damit sie uns aufnimmt in
ihre Herrlichkeit! – Was soll die närrische Rede, sagte
die Frau und lachte. – Herbei ihr Pfannen und Feuer
brenne! rief die Amme gellend, ohne ihr zu antworten. – Die Pfannen flogen ihr durch die Luft in die
Hände, und die grünen Ölzweige fingen an zu kni-
stern. – Wer seid ihr, sagte mit schwankender Stimme
die Färberin, wer ist dort die Junge, ist sie wirklich
deine Tochter, die Lautlose? sie sieht dir nicht ähnlich,
warum hält sie sich im Dunkeln und was starrt sie so
auf mich? – Das Feuer loderte auf und der Schatten
der jungen Frau fiel über den Lehmboden bis an die
drübere Wand. – Herzu ihr Fischlein aus Fischers Zuber! rief die Alte, und hantierte unablässig über dem
Feuer. – Sieben Fischlein glitten durch die Luft und
die dünnen Finger der Alten und landeten ihre rosig-
goldenen Leiber nebeneinander auf dem Hackstock. –
Wer seid ihr? fragte die Frau nochmals mit verlö-
schendem Atem. – Gewürze aus dem Gewürzgarten
meiner Herrin! rief die Alte befehlend und steckte
beide Klauen in die leere Luft, aus der sie sich mit
Gewürzen füllten, deren Duft das Zimmer durch-
zog. – Welcher Herrin? schrie die junge Frau, wie aus
dem Traume heraus, halb toll vor Angst und Neugier-
de. – Die Alte warf die Fischlein in die Pfanne und
goß Öl über sie und rückte sie ans Feuer. – Frage

deinen Spiegel! gab sie über die Schulter zurück. – Ich habe keinen Spiegel, rief hastig die Färberin, ich mache mein Haar über dem Bottich. – Das Feuer lohte höher auf und der Schatten bewegte sich und wurde schöner und schöner. – Worauf läuft es hinaus? dachte die Kaiserin und zitterte vor Fremdheit und Ungeduld. – Ihr war, als gäben die Fischlein in der Pfanne alle zusammen einen klagenden Laut. Ja, sie riefen ganz deutlich in singendem Ton diese Worte:

Mutter, Mutter, laß uns nach Haus
Die Tür ist verriegelt: wir finden nicht hinein.

– Wo bin ich, sprach die Kaiserin, höre ich es allein? – Der Laut traf sie an einer Stelle so tief und geheim, daß dort nie etwas sie getroffen hatte. Die Amme hantierte am Feuer wie eine Tolle, die Pfannen hüpften, das Öl sott, die Fische schnalzten, die Kuchen quollen auf. Sie schrie etwas in die Luft, in ihrer ausgereckten Hand blitzte ein kostbares Band, durchflochten mit Perlen und Edelsteinen, jenem gleich, mit dem die Kaiserin ihren Brief gesiegelt hatte, in der andern ein runder Spiegel. Sie kniete vor der Färberin nieder, die sich zu ihr auf die Erde kauerte. Die Alte führte ihr die Hand, das Haarband flocht sich ins Haar, das junge Gesicht glühte aus dem runden Spiegel wie aus purem Feuer wiedergeboren. Kläglich sangen die Fischlein:

Wir sind im Dunkel und in der Furcht
Mutter laß uns doch hinein
Oder ruf den lieben Vater
Daß er uns die Tür auftu!

Hören die es nicht? dachte die Kaiserin, ihr wurde dunkel vor den Augen, aber die Sinne vergingen ihr nicht. Deutlich sah sie die beiden andern Gestalten. Die Junge lag gekauert und sah unablässig in den Spiegel, die Alte sprang zwischen ihr und dem Herd hin und her. – Mir hat Ähnliches geträumt, sagten die Lippen der Färberin. – Das Gesicht der jungen Frau war seltsam verändert und ihre nächsten Worte waren nicht zu verstehen. Die Alte sprang auf sie zu wie ein Liebhaber, sie kniete bei ihr nieder, ihr Mund flüsterte dicht am Ohr: – Hat dir auch geträumt, daß es auf ewig sein wird? – Sie verstanden sich mit halben Worten. Die Junge sank zusammen vor Glück, ihr Auge drehte sich nach oben, daß man nur das Weiße aufleuchten sah. – Drei Nächte zuerst – wirst du stark sein? zischte die Amme, drei Nächte ohne deinen Mann. – Die Junge nickte dreimal, – das ist nichts, aber was kommt dann? flüsterte sie, ist es arg? ist es gräßlich, was ist es, das ich tun muß? – O du Unschuldige, rief die Amme, streichelte ihr die Hände, die Wangen, die Füße. Ein Nichts ist es. – Wirst du zu meinem Beistand bei mir sein? hauchte die Färberin. – Sind wir nicht deine Sklavinnen von Stund an! rief die Alte. – Sag mir wie es sein wird, fragte die Junge. – Du erwartest das Große und wirst erstaunen über das Geringe, entgegnete die Amme. Die drei Nächte und der feste Entschluß, diese sind das Schwere. – Der Entschluß ist gefaßt und die drei Nächte sind mir leicht, sag mir, wie das Werk vollbracht wird! – Du schleichst dich zwischen Tag und Nacht aus dem Haus an ein fließendes Wasser, sagte die Amme. – Der Fluß ist nah, lispelte die Junge. – Dem fließenden Wasser kehrst du den Rücken und tust die Kleider ab, behälst nichts an dir als den Pantoffel am linken Fuß. – Nichts als den? sagte die Färberin und lächelte ängstlich. – Dann nimmst du sieben solcher Fischlein, wirfst sie mit der linken Hand über die rechte Schulter ins Wasser und sagst dreimal: Weichet von mir, ihr Verfluchten, und wohnet bei meinem Schatten. Dann bist du die Ungewünschten für immer los und gehest ein in die Herrlichkeit, wovon dieses Haarband und das Mahl, das ich hier bereitet habe, nur ein erbärmlicher Vorgeschmack ist.

– Was soll das bedeuten, daß ich zu ihnen, die nicht gewünscht sind, sagen werde: Wohnet bei meinem Schatten? –

– Es ist ein Teil des Bundes, den du schließest und soll heißen, daß in dieser Stunde dein trüber Schatten von dir abfallen wird und du eine Leuchtende sein wirst so von vorne als in deinem Rücken. – Die Frau sah mit einem verlorenen Blick über den Spiegel hinweg. – Ich werde es tun, sagte sie dann. – Mutter o weh! riefen die Fischlein mit ersterbender Stimme und waren fertig gekocht. – Die Kaiserin allein hörte den Schrei und er durchdrang sie, und sie mußte für eine unbestimmte Zeit die Augen schließen. Als sie sie wieder aufschlug, sah sie beim Scheine des zusammengesunkenen Feuers, wie die Färberin sich bückte und der Alten die Hand küssen wollte. Vorne im Zimmer, nahe der Feuerstelle, war aus der Hälfte des Ehelagers für den Färber Barak eine Schlafstätte errichtet, hinten war vor das Lager der Frau ein Vorhang geschoben. Die Amme verneigte sich tief vor der Färberin und zog ihre Tochter nach sich zur Tür hinaus. – Was ist geschehen? fragte die Kaiserin als sie durch die Nacht hinschwebten. – Viel, erwiderte die Amme. – Ist es vollbracht? fragte die Kaiserin und rührte zutraulich die Amme an, vor der ihr nicht mehr graute, seit sie sie nicht mehr mit den Menschen sah. – Die Alte gab ihr einen fast spöttischen Blick zurück: – Geduld! sagte sie, alles will seine Zeit. –

Der Färber Barak kam spät nach Hause. Er fand das Gemach dunkel und erfüllt von Duft wie das Haus eines Reichen. Nachdem er ein Licht entzündet hatte, sah er zu seiner unmäßigen Überraschung das eheliche Lager entzweigeteilt, und die eine Hälfte an einer völlig ungewohnten Stelle nahe am Herd, die ihn zu erwarten schien, die andere mit einem Stück Zeug verhängt. Er ging hin, und indem er das Licht mit der Hand verdeckte, schob er den Vorhang beiseite und fand seine Frau, die mit geballten Fäusten schlief wie ein Kind. Ihr Atem ging ruhig, und sie schien ihm begehrenswert, aber er hielt sich im Zaum, ging mit leisen Schritten an den Herd und fand, dem Geruch nachgehend, den Rest einer köstlichen Mahlzeit von Fischen und gewürzten, in Öl gebackenen Kuchen, derengleichen er niemals gegessen hatte. Er sparte sich einen halben Fisch und einen Teil von den Kuchen vom Munde ab und trug diese Reste mit leisen Schritten hinaus in den Schuppen, damit sein jüngster

Bruder, der Verwachsene, wenn ihm nachts oder früh am Morgen noch nach Essen gelüstete, sie fände. Dann ging er zu seinem Lager und verrichtete auf dem Bette sitzend ein kurzes Gebet; nachher verharrte er noch eine Weile regungslos und sah unverwandt auf den Vorhang hinüber, der ihm den Anblick seiner Frau verwehrte. Aber es regte sich nichts, und mit einem leisen Seufzer, der aber doch wie bei ihm Alles gewaltig war, streckte er seine Glieder und schlief sogleich ein. Am nächsten Morgen ging er vor Tagesgrauen hinaus an den Fluß, er nahm einen Stampfmörser mit und verrichtete diese Arbeit draußen hundert Schritte vom Haus, um mit dem Geräusch den Schlaf seiner Frau nicht abzukürzen. Als er wiederkam, sah er zwei fremde Frauen, die hereinschlichen und die Schwelle des Wohngemaches überschritten, als ob sie hier zu Hause wären. – Das sind meine Muhmen, die mir dienen werden ohne Lohn, sagte die Frau, die zu seinem Staunen schon auf war. – Als die beiden Fremden sich bückten, um den Saum ihres Kleides zu küssen, war ihre Haltung, mit der sie es geschehen ließ, von einer Anmut, daß er meinte, sie nie so schön gesehen zu haben. Aber er hatte keine Zeit, seinen Blick an ihr zu weiden. Er lud sich eine gehörige Last frischgebeizter Tierhäute auf den Rükken, die Alte sprang herzu und war ihm behilflich. Sie lief ihm voran an die Tür, tat sie für ihn auf und verneigte sich, als er vorüberging. – Komm bald wieder nach Hause, mein Gebieter, rief sie dann, meine Herrin verzehrt sich vor Sehnsucht, wenn du nicht da bist! – Dann war sie mit einem Sprung bei ihrer jun-

gen Herrin und zeigte ihr ein Gesicht, das den Hin-
ausgegangenen lautlos verlachte. – Die Augenblicke
sind rinnender Goldstaub, zischte sie, heran, daß ich
dich schmücke und mit dir ausgehe. –

– Wir haben nichts außer dem Haus zu suchen,
sprach die Frau. –

– So verstattest du, daß ich den rufe, der danach
schmachtet, zu kommen. –

– Von wem redest du da, sagte die Frau ganz kühl
und sah ihr hart ins Gesicht. – Die Amme war betroffen, aber sie ließ es sich nicht merken. – Von dem
auf der Brücke, gab sie ohne Verlegenheit zurück, von
diesem rede ich, von dem Unglückseligsten unter den
Männern! Verstatte, daß ich ihn rufe und ihn herein-
hole zur Schwelle der Sehnsucht und der Erhörung! –
Ich will das Haus rein, sagte die Färberin und sah an
der Alten vorbei, die Kessel sollen blank werden und
die Mörser gescheuert, die alten Rührstangen sollen
aussehen wie neu, der Boden muß aufgewaschen sein
und so fort, eines nach dem andern. – O meine Herrin,
rief die Alte kläglich, bedenke: es gibt einen, dem der
Gedanke an dein offenes Haar die Knie zittern
macht. – Die Küpen hinaus zum Schwemmen, rief die
Färberin, du Schamlose, die Tröge, Fässer rein, neues
Brennholz aus dem Schuppen, fünf Klafter geschichtet, Feuer unter die Kessel, die Mühlen gedreht, daß
die Funken stieben, die Betten gemacht, auf, eins,
zwei! Vorwärts ihr Beiden! Barak, mein Mann, soll
sich freuen, daß ich zwei Dienerinnen habe. – Wehe
uns, rief die Alte und fiel der Frau zu Füßen. Hinaus
mit uns, meine Tochter, wir sind der Herrin veräch-

lich, und sie will nicht, daß wir ihr dienen zu wahrem Dienst!

– Seid ihr mir in Dienst gestanden oder nicht? schrie die Färberin böse und entzog der Alten ihren Fuß, daß sie taumelte. Habt ihr mir geschworen oder nicht? – Und sie stampfte auf. Die Amme und die Kaiserin liefen, sie machten flink die Betten, sie trugen die Küpen und Zuber zum Schwemmen; dann schleppten sie das Brennholz aus dem Schuppen herbei und schichteten es auf, sie putzten die Mörser blank und kratzten die Schöpfkellen ab. Indessen hatte die Färberin sich unter ihrem Kopfkissen das köstliche Haarband und den Spiegel hervorgeholt. Sie saß an der Erde auf einem Bündel getrockneter Kräuter und schmückte sich, aber ihr Gesicht war unfreudig. – Ihr meint, ihr habt mich in der Tasche, rief sie über die Schultern, ja, da hättet ihr früher aufstehen müssen! Lauft nur und schwitzt. – Du wirst hungrig sein, o meine Herrin, sagte demütig die Alte. Nichts macht so hungrig als arbeiten sehen, und reichte ihr auf einem Teller eine Menge von kleinen Pasteten von zartem gewürzten Duft, derengleichen der Färbersfrau nie vor Augen gekommen: sie besah sie mit Verwunderung, nahm dann den Teller und aß eine der kleinen Pasteten nach der anderen. Als Barak mittags nach Hause kam, hatte sie keinen Hunger und ließ die Mahlzeit unberührt, welche die Amme gekocht hatte und die Barak wohlschmeckte. Sie sprach auch wenig und antwortete nicht auf die Fragen ihres Mannes. Dieser aß kaum einen Bissen, ohne dazwischen seine kugeligen Augen, an denen man das Weiße sah, wenn er aufmerksam oder besorgt war, nach seiner Frau zu wenden. – Betet, ihr, die ihr mit uns esset, sagte Barak zu den Muhmen, die etwas entfernt an der Erde saßen und das verzehrten, was übrig blieb. Betet, daß sie wieder essen könne, und daß es ihr gut anschlage. Ihr müßt wissen, fuhr er fort, daß ich vor einer Woche alle Frauen meiner Verwandtschaft ins Haus gebeten habe, und sie haben schöne Sprüche gesprochen, die Gevatterinnen, über dieser da, meiner Frau, und ich habe, müßt ihr wissen, siebenmal vor Nacht von dem gegessen, was sie gesegnet hatten mit dem Segen der Befruchtung. Und wenn meine Frau seltsam ist und anders als sonst, so preise ich ihre Seltsamkeit und neige mich zur Erde vor der Verwandlung: denn Glück ist über mir und Erwartung in meinem Herzen. – Der jungen Frau Gesicht sah mit einem Mal blaß und böse aus. – Aber triefäugige Vetteln, sagte sie mit schiefem Mund, müßt ihr wissen, die Sprüche murmeln, müßt ihr wissen, haben nichts zu schaffen mit meinem Leibe, und was dieser Mann in sich gegessen hat vor Nacht, müßt ihr wissen, das hat keine Gewalt über meine Weibschaft. – Sie stand jäh von der Erde auf, ging nach hinten an ihr Bette und zog den Vorhang zu. Auch Barak war aufgestanden; sein Mund öffnete sich, als ob er noch etwas hätte sagen wollen, und sein rundes Auge haftete auf dem Vorhang, der ihm seine Frau verbarg. Schweigend machte er sich daran, eine ungeheure Last von gefärbtem Zeug aufzuhäufen und sie seinem Rücken aufzuladen. Als er beladen war, richtete er an der Tür seinen gewaltigen Rücken nochmals ein wenig auf und sagte zu den Muhmen, indem er sie freundlich ansah: – Ich zürne der Frau nicht für ihre Reden, denn ich bin freudigen Herzens, müßt ihr wissen, und ich harre der Gesegneten, die da kommen. – Es kommen keine, flüsterte in sich hinein die Frau, keine in dieses Haus, viel eher werden welche hinausgehen. – Sie flüsterte es fast ohne Laut und hinter dem Vorhang, so daß niemand es hören konnte; aber die Amme hörte es doch und ihre wimperlosen Augen zuckten.

Die Frau saß auf ihrem Bette und regte sich nicht, eine volle Stunde lang. Die Amme lief nach einer längeren Zeit an den Vorhang und flüsterte ans Bette hin; es kam keine Antwort. – Wehe, mit diesen Wesen zu leben ist schlimmer als von ihnen zu träumen, flüsterte die Kaiserin, sag mir, um was geht es zwischen diesem boshaften Weibe und ihrem häßlichen plumpen Mann? – Um deinen Schatten, antwortete die Amme ebenso leise. – Die Frau trat plötzlich hervor. – Warum kommt er denn nicht, du Lügnerische, der, von dem du immer redest, sagte sie mit einem Male und wurde im gleichen Augenblick, als sie es gesprochen hatte, dunkelrot. Ich weiß es, und du brauchst mir nicht zu erwidern, fuhr sie fort, er ist selber ein Alter und Abscheulicher, das sehe ich daraus, daß er dich als Gelegenheitsmacherin vorschickt. – Die Amme erwiderte kein Wort. – Gestehe mir, rief die Färberin, daß du eine bezahlte Kupplerin und Betrügerin bist, und daß alles Gaukeleien sind, womit du darauf aus bist, mir den Kopf taumelig zu machen! – Die Alte blieb stumm. – Meinen Pantoffel in dein Gesicht, du Hexe, schrie die Junge, da nimm dafür, daß du mich mein

Elend erst recht hast fühlen machen, da nimm – und
sie schlug noch einmal zu – dafür, daß du mich aus
dem Regen in die Traufe bringen wolltest, denn wer
wird er denn sein, der deinesgleichen mir ins Haus
schickt, – hat er mich vielleicht auf der Straße gesehen
und untersteht er sich, mich so ohne weiteres haben
zu wollen? – sag mir das noch, bevor ich dich hinausja-
ge, und dann frage ihn, wer ihm erlaubt hat, sein Auge
zu mir zu heben. Erzähle ihm ein wenig, daß Barak
der stärkste unter den Färbern ist und auch unter den
Lastträgern nicht seinesgleichen hat. – Die Amme
blieb regungslos und schwieg beharrlich; sie hatte ihren Kopf ein weniges von der Erde gehoben, aber es
schien, sie getraue sich nicht dem Blick ihrer zürnen-
den Herrin zu begegnen. Erst als diese von ihr ließ
und mit schleppenden Schritten wegging, sah sie ihr
nach und flüsterte, wie ihrer selbst vergessen, ins Leere: – Sieh hin, o mein Gebieter, hat sie nicht einen
schwimmenden Gang gleich einer verdürstenden Gazelle? – Meine Finger um deine Kehle, schrie die Färberin, die jedes Wort verstanden hatte, und wandte
sich jäh um, mit wem redest du, du Hexe! – Die Röte
war aus ihrem Gesicht geschwunden, sie war blaß und
sah aus wie ein geängstigtes Kind. – Mit ihm, der
draußen steht, mit ihm, der die Hände reckt gegen
die Türe deines Hauses, der den Kopf sich zerschlägt
gegen die Mauer deines Hauses, der sein Gewand zerrissen hat vor Verlangen und vergeblicher Sehnsucht. – Komm her zu mir, sagte die Färberin mit ver-
änderter Stimme, komm, aber berühre mich nicht! –
Sie setzte sich auf ihr Lager und ließ die Alte dicht an

sich herankommen. – Du bist eine Kupplerin, sagte sie, wehe mir, und eine von den gewöhnlichen, und du bist an mich gekommen, weil ich arm bin und hast aufs Geratewohl deine gewöhnlichen Künste gebraucht, verziehen seien sie dir. Jetzt aber laß ab von mir und nimm diese mit dir, denn ich will euch nicht länger im Hause behalten: das ist es, was ich bedacht habe, als ich auf meinem Bette saß und stumm war. Ich will nicht mit dir gehen, und ich will den nicht sehen, der dich ausgeschickt hat; denn ich bin seiner überdrüssig, bevor ich ihn gesehen habe. Die Begehrlichen sind einander gleich auf dieser Welt, und ihr Begehren ekelt mir. – Sie sah um sich im ganzen Raum, als sinne sie über etwas nach. – Vieles war unrein, und ihr habt es rein gemacht, fuhr sie fort, aber es ist nichts besser geworden, die Geräte sind mir nicht lieber als zuvor, und das Haus ist mir trauriger als ein Gefängnis. Du bist hereingekommen zur bösen Stunde, du hast mir ins Ohr geflüstert vom Freudenleben, das auf mich wartet, das war deine schwärzeste Lüge, denn es kommt nichts für mich, als was schon gewesen ist. Ich bin wie eine angepflöckte Ziege, ich kann blöken Tag und Nacht, es achtet niemand darauf, treibt mich der Hunger, so nehme ich mit meinem Munde Nahrung in mich, und so lebe ich einen Tag um den andern, und das geht so fort, bis ich dein runzliges Kinn habe und deine rinnenden Augen, ich Unglückselige. – Die Tränen überwältigten ihre Stimme, sie sank nach vorn, die Alte unterstützte sie. Ganze Bäche stürzten ihr über die Wangen, die Alte sah es mit Entzücken. Sie ließ die Weinende leise auf das

Bett gleiten, sie streichelte ihr die Wangen, sie küßte ihr die Fingerspitzen, die Knie. – Oh wie du bist, du Köstliche, wie Räucherwerk bist du, das seinen Duft lange in sich hält in der Kühle, du Strenge gegen dich selber. – Warum zündest du Weihrauch an, ich will es nicht, sagte die Frau mit schwacher Stimme und richtete sich in den Armen der Alten halb auf. – Es ist kein Ambra, es sind keine Narden, murmelte die Andere, es ist der Duft der Sehnsucht und der Erfüllung. – Sprich keine Zauberworte, rief die Junge ängstlich und zuckte in den Armen, die sie fest umschlangen und auf das Bett niederdrückten. – Ruhig, du Unnennbare, du bist es selber, rief die Amme, dein Hauch ist süßer als Narden, deine Blicke sättigen mit dem Feuer der Entzückung. – Die Färberin wehrte sich gegen die Umschlingung der Alten und klammerte sich doch an sie, sie sah in einem Wirbel voll Angst und Wollust nach oben in das feurige Weben hinein, aus dem ein Etwas mit durchdringender Gewalt zu ihr wollte, ihr schwindelte, und sie mußte die Augen schließen. – O mein Gebieter, widerstehst du ihren Augen, wenn sie ersterben? flüsterten dicht an ihrem Kopf die Lippen der Amme, sie flüsterten es nach oben. – Wer soll es sein, es gibt ihn nicht, hauchte die Frau und fühlte, wie sie willenslos der Alten im Arm hing. Mit wem redest du? –

– Mit einem, der nahe ist und nach dir lechzt, mit einem, der mir zuruft: so verdecke ihr die Augen, und wenn du sie ihr wieder auftust, dann bin ich es, dessen Gesicht auf ihren Füßen ruht.

– Die Augen, sagte die Frau und riß sich los, nicht

um alles! – Du tust es, rief die Amme mit schmeichelnder Stimme, du legst dich wieder auf dein Bette,
du liegst schon, du lässest mich den Mantel über dich
breiten, meine Tochter deckt dir die Füße zu und legt
sanft ihre Hand auf deine Augen – du hast es gewählt,
o meine Herrin! – Es kann nie geschehen, sprach die
Kaiserin in sich, sie will es ja nicht! Es kann nie geschehen, wiederholte sie, indessen die Augen der Frau
schon gegen ihre flachen Hände schlugen. Es war
schon geschehen, indem sie es aussprach. Inmitten des
Raumes stand ein Lebendiger, der vordem nicht dagewesen war. Sie nahm ihn nur aus dem Winkel des Auges wahr, seine Gegenwart war stark und lauernd wie
eines Tieres. Die Kaiserin konnte es nicht ertragen,
dies in ihrem Rücken zu haben. Sie trat zurück und
gab die Augen der Färberin frei. Diese setzte sich auf
und zitterte vor Furcht und Verlegenheit. Die Amme
neigte sich zur Erde vor dem Ankömmling, und er
schritt langsam auf die schöne Färberin zu. Die Kaiserin trat hinter sich; sie sah, wie das eine seiner Augen
größer war als das andere und einen Blick von beson-
derer tierhafter Heftigkeit auswarf, und sie erkannte,
daß es einer von den Efrit war, welche beliebige Gestalten annehmen können, um die Menschen anzulok-
ken und zu überlisten. Sie sah, daß er schön war, aber
die unbezähmbare Gier, die seine Züge durchsetzte,
ließ ihr sein Gesicht abscheulicher erscheinen als
selbst eines der Menschengesichter, die ihr auf der
Erde begegnet waren. Sie wußte, daß diese Efrit das
Bereich der Lebenden umlauern, aber nie hatte sich
einer von ihnen unterstanden, ihr so nahezukommen.

Haß und Verachtung durchbebten sie, sie richtete sich hoch auf und blitzte vor Hochmut. Die Amme spürte ihren Zorn, sie glitt neben sie hin und faßte sie besänftigend an, sie schob sie zur Seite, der Efrit stand vor der Färberin und heftete seine Augen auf sie, vor denen sie die ihrigen niederschlug. – Da bist du, sagte er mit einer Stimme, welche tiefer und seltsamer war, als die Kaiserin erwartet hätte, und der er einen schmeichelnden, beinahe unterwürfigen Klang gab, du Köstliche, die auf mich wartet. – Wartet – sagte die Frau – ich auf dich?

– Du bist ein Weib, aber der den Knoten deines Herzens lösen soll, ist dir noch nicht nahe gewesen vor dieser Stunde. – Die Frau öffnete den Mund, aber es kam kein Laut hervor. Seine Hände lagen auf ihren Knien, er glitt neben sie hin, es war etwas vom Panther und etwas von der Schlange in ihm. Der Kaiserin riß es durch die Seele. – Hilf ihr von dem Unhold, flüsterte sie der Amme zu, siehst du denn nicht, daß sie ihn nicht will! – Ins Schwarze treffen und der Scheibe nicht weh tun, das wäre freilich eine vortreffliche Kunst, gab die Amme kalt zurück. – Der Efrit ergriff mit beiden Händen die Handgelenke der Färberin und zwang sie, zu ihm aufzusehen; ihre Blicke konnten sich des Eindringens der seinigen nicht erwehren: sie lag ihm offen bis ins Herz hinein. – Die Augen, heiße ihn die Augen wegtun, rief die Frau, und es schien, sie wollte flüchten, aber der Efrit blieb dicht an ihr, seine Hände lagen auf ihrem Nacken und die Worte, die seinen Lippen schnell entflossen, klangen schmeichelnd und drohend zugleich. Die Kaiserin wollte nicht hinsehen und sah hin. Sie begriff nicht, was sie sah, und doch war es nicht völlig unbegreiflich: das beklemmende Gefühl der Wirklichkeit hielt alles zusammen. – Vorbei! hauchte sie und drückte fest ihr Gesicht in einen Sack mit getrockneten Wurzeln – was ist er ihr, was ist sie ihm, wie kommen sie zueinander! Warum erwehrt sie sich seiner nur halb! Um was geht es zwischen diesen Geschöpfen? –

– Um deinen Schatten, gab die Amme zur Antwort, und ihr Gesicht leuchtete auf. – Nein, nicht dies, rief die Kaiserin dicht am Ohr der Alten. – Ruhig, sagte die Alte, ruhig, sie ist eine Verschmäherin und muß gebrannt werden im Feuer des Begehrens. –

– Verlocke sie mit Schätzen, es war von köstlichen Mahlzeiten die Rede – sie will ein Haus und Sklavinnen, sagte die Junge, gib ihr was sie will, nicht dies! –

– Ein krummer Nagel, antwortete die flinke Zunge der Alten, ist noch keine Angel, es muß erst ein Widerhaken daran. –

Die Frau hatte ihre Hände frei bekommen und war aufgestanden. – Ich will mich verstecken, sagte sie, hilf mir, Alte, ich will mich vor diesem da verstecken! Was geht er mich an, der fremde Mensch! Mag er gleich schön sein! – Die Amme war schnell bei ihr: – Dir nicht fremd zu sein, du Köstliche, sagte sie mit einem unbeschreiblichen Ausdruck, ist alles, was er begehrt. – Ich will mich vor seinen Blicken verstecken, schrie die Frau und schob die Alte so ungeschickt zur Seite, daß sie selbst dem Manne näher war als zuvor. – Frage ihn, wie er sich unterfangen kann, von mir zu verlangen, was er verlangt hat, er, den ich vor einer Stunde

nicht gekannt habe! Frage ihn! Er sagt, er verlangt es
als ein Pfand des Zutrauens und als ein Wahrzeichen,
daß mein Gemüt nicht karg ist! – Wahrhaftig, da sagt
er die Wahrheit, rief die Alte mit Begeisterung und
tauschte einen Blick mit dem Efrit, und daß du ihn
vor einer Stunde nicht gekannt hast, ist ein Grund
mehr, dich großmütig zu bezeigen: so ist es gesetzt
zwischen Herz und Herz, und wer dich anders gelehrt
hat, war schlechthin darauf aus, dich zu betrügen, du
Arglose. – So ist es, rief der Efrit, aber die Alte winkte
ihm, still zu sein. – Sie horchte angestrengt nach
außen. – Ihr müßt auseinander, rief sie, ihr Liebenden,
ich höre den Schritt des Färbers, der nach Hause
kommt. Er ist fröhlichen Herzens und trägt eine irdene Schüssel in den Händen. – Der Kaiserin Herz
schlug vor Freude; sie konnte es kaum erwarten, den
Großen, Starken eintreten zu sehen. – Warum stößt
er nicht die Tür auf, warum dringt er nicht herein,
dachte sie und hob den Kopf. Eine Art von Musik
erklang von draußen, eine Art von mißtönendem Gesang. Die Amme stand bei ihr und warf ihr einen selt-
samen Blick zu: – Auf, du, und heiße sie auseinander-
gehen für heute, sagte sie, es ist Zeit. – Der Efrit hatte
die Färberin um die Mitte gefaßt, er wollte sie mit sich
fortziehen, es schien, als söge er mit der Nähe der
Gefahr einen doppelten frechen Mut in sich. Er war
bereit, seine Beute hoch in der Luft über den Köpfen
der Eindringenden hinwegzutragen, und er war schön
in seiner knirschenden Ungeduld. Die Kaiserin trat
ihm in den Weg. Ihr Mut war dem seinen gleich, sie
legte beide Arme um die Frau, der Efrit wandte ihr

sein Gesicht zu, das loderte wie ein offenes Feuer;
durch seine zwei ungleichen Augen grinsten die Ab-
gründe des nie zu Betretenden herein, ein Grausen
faßte sie, nicht für sich selber, sondern in der Seele
der Färberin, daß diese in den Armen eines solchen
Dämons liegen und ihren Atem mit dem seinen vermischen sollte. Sie wollte die Färberin an sich ziehen, sie
achtete es nicht, daß es ein menschliches Wesen war,
um das sie zum ersten Male ihre Arme schlang. Die
Färberin hing ihr willenlos im Arm, ihre Augen sahen
nur den Efrit, sie ging ganz in ihm auf. Ein ungeheu-
res Gefühl durchfuhr die Kaiserin vom Wirbel bis zur
Sohle. Sie wußte kaum mehr, wer sie war, nicht, wie
sie hierhergekommen war. Eine wissende Schwäche
fiel sie an, – ihre schöne reine Kraft selber fing an zu
versagen, ihr Denken, zum erstenmal zerrissen, suchte
dahin und dorthin nach Hilfe, in ihr rief es mit Inbrunst nach dem Färber Barak, und sie fühlte, wie er
Schritt für Schritt auf die Tür zukam. Nun kam er
herein, er trat ins Zimmer, fröhlich und geräuschvoll,
beladen und begleitet: sein Gesicht war vor Freude
und Aufregung gerötet, und er trug auf beiden Händen eine mächtige Schüssel, auf der köstliche Speisen
gehäuft waren: eine Henne in Reis, Eingemachtes, in
jungen Weinblättern gewickelt, Kürbisse mit Pistazien
gewürzt und zehnerlei andere Arten von Zukost. Der
Verwachsene, der mit Blumen bekränzt war und die
Maultrommel spielte, drängte sich an ihm vorbei, der
Einarmige schleppte einen irdenen Weinkrug, der
Einäugige trug auf dem Nacken eben jenes abgehäute-
te Lamm, dessen sanfte Augen gestern beim Kommen

den Blick der Kaiserin in sich gezogen hatten, Kinder, die sich scharenweise angesammelt hatten, angelockt von der Maultrommel und dem Geruch so üppiger Speisen, lauerten in der Tür und begierige Hunde mit ihnen. Dies alles drang schon ins Gemach, der Efrit im Nu eines Blitzes war verschwunden, die aufgehängten Tücher schwankten, und ein Ziegel löste sich aus den Fugen, in die Hände klatschte begrüßend die Amme und verneigte sich in heuchlerischer Demut vor dem Hausherrn. In den Armen der Magd richtete sich die Halbohnmächtige auf und sammelte mit einem Blick, der nichts in dem Gemach, nicht die Schwäger und nicht den eigenen Mann erkannte, mit wilden Atemzügen und Stößen ihres zuckenden Herzens die fast dem Leib entflogene Seele. Aber so groß war in der arglosen Brust des Färbers die Freude über seinen unerhörten Einkauf und die Zurüstungen zu einem Mahl, wie sein armes Haus es noch nicht gesehen hatte, daß er nichts von der Verwirrung gewahr wurde, in der er seine Frau vorfand. – Was sagst du nun, du Prinzessin, rief er ihr mit mächtiger Stimme zu, was sagst du mir zu dieser Mahlzeit, du Wählerische, die mir das Mittagessen verschmäht: und wie findest du die Zurichtung? – Und als die Frau stumm dastand und mit weit offenen Augen auf ihn starrte wie auf einen Geist, so meinte er, es habe ihr vor Freude und Staunen die Rede verschlagen, und mußte laut über sie lachen. – Erzählt ihr ein wenig, meine Brüder, rief er, damit sie sieht, was wir für Einkäufer sind. Wie war es mit dem Schlachter! Und wie war es mit dem Gewürzhändler? –

– Schlag ab, du Schlachter, ab vom Kalbe, sang der

Bucklige. – Und ab vom Hammel und her mit dem
Hahn! fielen das Einaug und der Einarmige ein. –
Und Bratenbrater heraus mit dem Spieß! schrien sie
alle zusammen, und der Einarmige zog einen mächtigen Bratspieß hervor, den er seitlich am Lendenschurz
befestigt hatte. – Du Bratenbrater heraus mit dem
Spieß! jauchzten die fremden Kinder und drängten
sich herbei. – Und wie war es mit der Vorkost und wie
mit dem Wein! schrie Barak lauter und fröhlicher als
alle. – So war es: Heran du Bäcker mit dem Gebackenen, antworteten die Brüder, und du Verdächtiger, her
mit dem Wein! – Ja, so war es, rief stolz der Färber,
und kehrte sein freudig gerötetes Gesicht allen im
Kreise nacheinander zu. – Er ging auf seine Frau zu,
zog sie an sich und bedeckte ihren Mund und ihre
Wangen mit Küssen. Die Amme sprang dicht daneben
und bog sich vor Lachen. Sie legte überall Hand an,
sie trat und stieß nach den Kindern, die überall dazwischen kamen, mit den Fingern in die große Schüssel
fuhren, nach den brennenden Kienspänen griffen und
das tote Lamm anrühren wollten; der Verwachsene
spielte mit einer Hand die Maultrommel und half mit
der andern das Lamm an den Spieß stecken, der Einäugige goß den Wein in irdene Scherben und fing mit
vorgestrecktem Maul auf, was daneben ging, und Barak saß auf der Erde vor der großen Schüssel, er hatte
die Frau auf seine Knie niedergezogen und liebkoste
sie, indem er abwechselnd mit den Fingern die besten
Stücke hervorholte und ihr in den Mund steckte, abwechselnd sie küßte und immer wieder gewaltig an
sich drückte. Er bemerkte es nicht, daß sie an den

Bissen würgte und unter seinen Liebkosungen starr
blieb wie eine Tote. Da sie ihm zu langsam von den
köstlichen Dingen aß, stopfte er dazwischen den Kindern in den Mund, die ihn umringten, während er
selbst nur hie und da ein Geringes zu sich nahm und
kaum darauf achtete. – Heraus du Bäcker mit dem
Gebackenen! schrien die Kinder und warfen heraus-
fordernde Blicke auf den Einarmigen und Einäugi-
gen. – Wenn wir einkaufen, das ist ein Einkauf! sang
der Verwachsene und griff mit seinen langen Armen
über alle hinweg in die Mitte der Schüssel. – O Tag
des Glücks, o Abend der Gnade! sang Barak mit seiner
dröhnenden Stimme und nahm mit seiner freien Linken das kleinste von den Kindern, dann noch eines,
indem er es rückwärts am Gewande fest packte, und
warf sie seiner Frau zwischen die Knie, aber behutsam,
indem er vor Freude laut lachte. – Die Frau zog jäh
die Knie nach oben, sie streifte die Kinder von ihrem
Schoß, daß sie hart ans offene Feuer hinrollten, sie
stieß Barak von sich, daß er taumelte und dabei mit
den Beinen die große Schüssel zerschlug. Die größe-
ren Kinder schrien und rissen die kleinen Geschwister
aus dem Feuer, der Einäugige schlug unter sie und
rettete von den Speisen, was zu retten war. Die Amme
ließ das Lamm und den Spieß und sprang hin zu der
Frau. Diese lag auf den Knien, sie focht mit den Händen in der Luft, und aus ihrem Mund drang ein langer
gellender Schrei. Schnell trugen die beiden Muhmen
die Zuckende auf ihr Bett. Barak war neben ihnen und
getraute sich nicht, seine schreiende Frau anzurühren,
er lief ans Feuer zurück, sah mit ratlosem Blick auf die

Speisen, lief wieder ans Bett und berührte angstvoll ihren Leib, der sich wild herumwarf wie ein Fisch auf dem Trockenen: er glaubte sie vergiftet. Er reichte der Alten ein Tuch und drängte die Brüder und Kinder hinaus, sie rissen das Lamm vom Spieß, und der scharfe Dunst von verbranntem Fett erfüllte den Raum. Das Schreien hatte aufgehört, aber ein Krampf zerrte alle Glieder der Färberin. Sie bleckte die Zähne gegen ihren Mann, als sie ihn gewahr wurde, und stieß zu der Alten hervor: – Schaff mich fort, du weißt die Wege, schwöre mir, daß ich nie mehr dieses Haus und dieses Gesicht sehen werde. – Die Alte streckte drei Finger, dann schlug sie den einen ein und deutete mit verstohlenem Blick auf die zwei, die noch blieben. Die Frau schloß die Augen, Barak hatte nicht gehört, was sie sagten, er sah, wie die Alte zu ihr flüsterte, wie die Junge spärlich antwortete, aber nicht mehr mit verkrampftem Mund, wie sie allmählich ruhiger wurde und sanft dalag.

Am Abend des dritten Tages zog sich die Jagd oben am Hange eines tiefen Tales hin, das sich immer mehr zur Schlucht verengte. Die Schlucht wurde schroff und abgrundtief, unten schoß ein schäumendes Wasser. Über einer steinernen hohen Brücke, die den Abgrund übersprang, lag ein einsames Dorf, das schon von der Jägerei besetzt war. Der Kaiser kam über die steinerne Brücke geritten, er hielt sein Pferd auf der Straße an, die hinter ihm sprangen aus dem Sattel,

alle erwarteten, daß er absteigen würde; zwei von den
Vornehmsten eilten hin und hielten ihm Zaum und
Bügel, aber mit einer lässigen Gebärde der schönen
langen Hand winkte er ihnen ab und blieb im Sattel
sitzen. Der Spaßmacher hatte nur auf diesen Augenblick gewartet, um eine Posse auszuführen, durch die
er die gegenwärtige Sorge des Kaisers schmeichelnd
mit einer derben Dorfhetze vermischen wollte; er
sprang plötzlich seitwärts heran und zog einen Alten,
der sich demütig dreingab, an seinem langen gelb-
lich – weißen Bart hinter sich her bis vor des Kaisers
Pferd. – Hier, du Ältester eines verfluchten Dorfes,
schrie er ihn an, hier wirf dich nieder und bekenne,
daß ihr berüchtigte Falkendiebe seid, ihr Bergdörfler,
und daß ihr Falken anzulocken versteht und sie zu
ködern mit einem geblendeten Vogel, und daß ihr selber erpicht auf die Falkenjagd seid und Wilddiebe
vom Mutterleib, und daß jeder von euch für einen
roten kaiserlichen Falken, der – Gott verhüte es! –
in eure Hände fiele, seine leibliche Mutter verkaufen
würde, geschweige denn sein Eheweib, die einem
euresgleichen feil ist um einen auf Sperlinge abgerich-
teten Habicht! – Der Alte zuckte mit den Augen-
lidern, er nahm alles für bare Münze, der Tod
schwebte ihm vor den Augen, er hob beteuernd die
Hände und sah sie schon abgehauen und verstümmelt.
Er wollte eine Rede anheben, aber die eherne Stimme
des Possenreißers und das gewaltige Ansehen, das er
sich zu geben wußte, schlugen ihn zu Boden. Er sah
mit hilfeflehender Miene nach dem, der über ihm auf
dem Pferde saß, aber der blieb regungslos und würdig-

te ihn keines Blickes. – Bei meinen Augen, rief der Alte verzweifelt, möge ich blind werden auf der Stelle! Wir sind armselige Hirten, wir wissen nichts von der Jagd und vermögen einen Falken nicht von einer Krähe zu unterscheiden! – In seiner Angst faßte er mit den Händen in die Luft zu nah vor den Augen des Pferdes, daß es sich hoch aufbäumte und der Kaiser mit der Rechten hastig nach der Hülse griff, die er mit dem Brief der Kaiserin unterm Gewand am Halse trug, um sie zu schützen, dann erst faßte er in die Zügel und beruhigte das Pferd; aber der Possenreißer, der ihm begierig um ein Lächeln und Nicken am Gesicht hing, bekam keinen Blick, die Augen des Kaisers sahen gerade vor sich, wie eines Adlers, dem schläfert. Es war hoch am Nachmittag und die Luft hier im innersten Bereich der sieben Mondberge so rein, daß der Kaiser in einer großen Ferne den selben Fluß, der tief unter seinen Füßen hinschoß, in seinem Ursprung gewahren konnte, wo er als ein fadendünner Wasserfall hoch droben an der Felswand hing und sich von dort in einen kleinen Wald hinabstürzte. Auf dem höchsten Wipfel des Wäldchens sah man einen Falken sitzen, der einen Vogel in den Klauen hielt und ihn rupfte. Der Kaiser winkte den Obersten der Falkner herbei und zeigte ihm mit den Wimpern die Richtung; der Falkner hatte mit seinen weit auseinanderstehenden, aufmerksamen Augen den Vogel längst gesehen und erkannt, daß jener, der dort in der Ferne äste, nicht der gleiche war, den sie suchten und den zu finden und wieder anzulocken seine oberste Pflicht war, und indes sein rotes Gesicht ober und unter der großen Narbe, die quer über seine Nase lief, dunkler wurde, wandte er es wie beschämt zur Seite. Aber des Kaisers Miene verfinsterte sich, er neigte sich ein wenig gegen den Falkner. – Auf deinen Kopf, sagte er leise, daß wir in diesem Revier den roten Falken finden und ihn wiedergewinnen, wir beide, du und ich. – Der Falkner wagte nicht seinem Herrn ins Gesicht zu sehen, er hielt seine Augen fest auf die Brust des Kaisers gerichtet; er wurde blaßgelb, und seine auseinanderstehenden Augen nahmen einen erschrockenen Ausdruck an. Er lief hin, ließ zwei Maultiere vorführen, nahm einen Filzmantel und einen Ledermantel an sich und hängte zwei lederne Taschen an seinen Gürtel, von denen die eine Luftlöcher hatte wie ein Käfig. Der Kaiser war vom Pferd gesprungen, er schwang sich auf das eine Maultier, ohne den Bügel zu berühren, der Falkner stieg auf das andere; er mußte sich am Sattelknopf anhalten, seine Glieder waren ihm wie gelähmt, mehr als den Zorn seines Herrn und die dunkle Drohung fürchtete er noch das Alleinsein mit ihm. Hilflos drehte er sich im Sattel um, er sah, wie der Stallmeister einem der Knaben winkte, die ihm untergeben waren; der Falkner, als hätte er nur darauf gewartet, warf dem Knaben die Mäntel zu. Der Knabe lauerte mit Begierde, er hatte sich absichtlich herangeschlichen, seine Augen leuchteten, flink war er auf einem dritten Maultier droben und trabte hinter den beiden her.

Stumm ritten sie am Abhang hin, der Weg hob sich schnell in die Höhe. Sie blieben hintereinander, die Maultiere setzten den Fuß über lose, glänzende Blöcke

und Baumwurzeln, mit dem einen Knie hingen die
Reiter über dem Abgrund, mit dem andern streiften
sie den Efeu, der die schwarze Felswand umklammerte, kleine Vögel äugten aus ihren Nestern auf sie herab
und flogen hastig vor ihrer Brust vorbei. Der Falkner
hielt seine Augen auf den Rücken des Kaisers geheftet,
die Schultern und der Nacken erschienen ihm felsen-
stark, unnahbar, ohne Gnade. Sie waren oben, der
Kaiser sprang ab, der Kleine war schnell, wie eine Kat-
ze, vom Pferd, der Kaiser achtete ihn gar nicht, aber
das Kind war selig mit dem erhabenen Herrn allein zu
sein, denn der Falkner schlich sich seitwärts, immer
die Augen am Himmel. Der Kaiser sah hinab: Glanz
ohnegleichen lag auf den Tälern und Bergen, da und
dort fielen Wasserfälle ins Tal hinab und leuchteten,
aus den tiefsten Schluchten fing an bläulicher Nebel
sich emporzuziehen. In der Ferne kreuzten sich Berg-
kämme, dunkle Wälder standen auf den Hängen, oben
war alles kahl und zerrissen. Niemals glichen sich zwei
dieser Klippen, aber Alles ging leuchtend ineinander
über wie die Zeichen in dem Brief der Kaiserin, die
alle wundervoll waren, keines dem andern gleichend,
und nirgends ein Anfang zu finden – das Ende ver-
flocht sich mit dem Anfang, so als ob in unsäglicher
Scheu und Schamhaftigkeit die Anrede vermieden sein
sollte; und ein solcher reiner, starker Duft, wie über
diesen Schluchten hin und her wogte, drang aus dem
Brief für den Einen, dem er zu lesen bestimmt war. In
der Erinnerung schloß der Kaiser unwillkürlich die
Augen, der Knabe las ihm jetzt Gnade und Milde vom
Gesicht, die Freude durchdrang ihn, er brach vor Lust

einen Zweig ab und warf ihn gleich wieder hin. Sie traten ins Wäldchen und gingen zwischen Bäumen am Wasser hin, auf einen Weiher zu.

Der Falkner blieb dahinten, er spähte zum hundertsten Mal den Himmel ab, der noch hell war und schon vom ersten Mondlicht durchströmt. Er sah gegenüber, zwischen den zwei Zinken des höchsten Mondberges, die Sonne hinabsinken, ihr letzter, ganz schwarzer Strahl durchfuhr den Himmel und den Abgrund, hernach wanden sich einzelne Wolken, wie Schlangen, aus den Klüften hervor. Er seufzte auf: seine Hoffnung war gering, er vertröstete sich auf den Morgen, aber er wollte nichts unversucht lassen. Er öffnete die eine lederne Tasche, die er am Gürtel trug, und zog einen kleinen rostfarbenen Vogel heraus, der sich heftig sträubte. Der Falkner, mit gerunzelter Stirn, befestigte mit einem Lederriemchen den Vogel an einem Dornstrauch. – Vorwärts du, sagte er, deine Angst sieht schärfer als das schärfste Auge, melde mir du den, auf den ich warte, und melde ihn bald oder es soll dein Tod sein. Denn so wie Er da hinten über mir ist, so bin ich über dir. – Es verging kurze Zeit und der Vogel riß an seiner Fessel wie ein Verzweifelter und stieß einen durchdringenden Angstlaut aus. Der Falkner konnte sich kaum fassen vor Unruhe und Erwartung. Er warf sich hinterm Dorngesträuch an die Erde und ahmte den Ruf der Ringeltaube nach, dreimal und öfter. Aus dem Wäldchen bei dem Wasser strichen die männlichen Tauben daher und suchten die Ruferin. Nicht lange und zu oberst am Himmel erschien nun ein Vogel, der größer und größer wurde. – Du bist es, rief der Falkner voll Entzücken, du erinnerst dich deines Wärters, du kommst zurück zu der Hand, die dir zuerst Speise gereicht hat. – Er riß eine kleine Trommel vom Gurt und schlug mit den Fingerknöcheln auf ihr einen besonderen Wirbel. – Erkennst du den Klang, rief er, wir sind es, die Deinigen, die dich um Verzeihung bitten! Wir haben uns vergangen gegen deine edlen Sitten, wir wissen nicht wie, aber du bist großmütig und hast uns vergeben! – Der angebundene Vogel bohrte sich vor Angst tief ins Dorngestrüpp, die Tauben stoben auseinander, von oben fuhr der Falke senkrecht nieder, über dem Falkner hielt er sich in der Luft mit ausgebreiteten Schwingen, dann schoß er schräg, ohne die Schwingen zu regen, auf das Wäldchen zu. Dem Falkner stand das Herz still, ihm war, als hätte der Falke mit rötlich glitzernden, ganz offenen Augen ihn zornig und gebietend angesehen, doch er war es, unverkennbar war jeder Zug an dem herrlichen Vogel.

In großen Sätzen sprang er ihm nach ins Wäldchen, die angepflöckten Maultiere schraken auf, für ihn ging es jetzt um alles, er erstaunte und bangte, als er den Kaiser nicht fand. Lautlos stürzte der Wasserfall von der Felswand herab, im Weiher spiegelte sich ein Stück des Himmels mit dem Falken, der jetzt über den Wipfeln ruhig kreiste. Von Zeit zu Zeit stieß er seinen scharfen Ruf aus, wie ungeduldig, daß er seinen Herrn nicht sah, von dem Diener sich nicht wollte greifen lassen. Der Knabe hockte dem Wasserfall gegenüber still wie eine Eule; aus ihm war nichts herauszubringen, als: der Kaiser sei dort hineingegangen. Er deutete auf eine Höhle drüben an der Felswand, kaum über mannshoch; die verfallene Schwelle war übersprüht von der Nässe des wehenden Schleiers, ein paar Stufen führten vom Wasser herauf, sie schienen von Menschenhand geglättet aber uralt. Der Kaiser habe für sich geredet, mit der Hand das Wasser berührt, sein Obergewand abgelegt; dem Kind war ängstlich und schläfrig, ihm war, bei dem Mond, der von oben hereinsah, wie eine Ampel, als hätte man ihn auf der Schwelle vor dem kaiserlichen Schlafgemach vergessen, absichtlich schloß er die Augen, bei dem stetigen Rauschen nickte er ein. Auf einmal sei der Kaiser vor ihm gestanden, habe ihn aufgerüttelt und gefragt, ob er singen höre. Er habe es ganz in der Nähe vernommen, dann weiter weg. Der Kaiser habe ihm plötzlich den Rücken gewandt, sei schnell auf die Höhle zugegangen. Der Knabe traute sich zuerst nicht ihm unbefohlen nachzugehen, aber dann sei er nachgeschlichen und habe den Kaiser nicht mehr gesehen. Die Höhle müsse ein altes Gewölbe sein: sie habe behauene Wände und wohl auch einen anderen Ausgang. Aber er warte nun schon lange, bis der Kaiser wiederkäme. Der Falkner hörte kaum zu, er konnte die Zeit nicht nachmessen, die ihm vergangen war in der zitternden Erwartung des Falken, der ihn nun wieder narrte mit beständigem Zuruf. Jetzt bäumte der schöne Vogel auf und äugte von dem obersten kahlen Stumpf einer blitzgetroffenen Eiche, die unten üppig fortgrünte, herunter. Der Falkner stand wie angewurzelt, endlich riß er sich los, schlich geduckt hinüber; er sah seine Hand rot vor sich, wie abgehauen, wenn er den Baum

erkletterte und vergebens nach dem Falken griffe, im
gleichen Augenblick der Kaiser aus dem Berg hervor-
träte, der böse Vogel sich höhnisch für immer nach
oben schwänge. Der Knabe lief lautlos neben ihm.
Der Falke hob die Schwingen, flog freundlich auf sie
zu, dann warf er sich mit einem einzigen Flügelschlag
hoch nach oben und seitwärts, fuhr dann sausend herab und mit einem Schrei wie Lust und Hohn durch
den aufsprühenden Wassersturz in die Bergwand hinein. Mit unbegreiflichen Kräften begabt, mußte er
dort einen Eingang wissen, den das stürzende Wasser
verhüllte. Der Falkner, vor ohnmächtigem Zorn, ver-
biß die Zähne ineinander, er rollte die Augen um sich,
in des Knaben Miene trat ihm ein verschmitzter Ausdruck entgegen, vielleicht vor lauter Verlegenheit über
das Unerwartete. Der Falkner schlug ihn voll Zorn ins
Gesicht. Der Knabe sprang ins Gebüsch und duckte
sich, aber er freute sich im Innersten über die unver-
dienten Schläge, ein huldvolles, wunderbares Lächeln
schwebte vor ihm, er wartete lautlos zwischen den
Sträuchern, bis sein Herr wieder heraustreten würde.

Der Kaiser stieg die steilen glatten Stufen schnell
hinab, er achtete nicht auf die Falltür in seinem Rükken; die singenden Stimmen, das Unerklärliche, die
Umstände des Ortes bannten alle seine Sinne. Gerade
hier drang alles tief in ihn, er war im Bereich seines
ersten Abenteuers mit der geliebten Frau. Jene unver-
geßliche erste Liebesstunde war ihm nahe, sein Blut
war bewegt, daß er die seltsame Grabeskühle kaum
fühlte, die aus den Wänden des Berges und von unten
auf ihn eindrang. Für ein neues Abenteuer wäre kein

Platz in ihm gewesen – oder doch? wer hätte es sagen können. – Er dachte nichts Bestimmtes, aber alles, was ihm ahnte, verknüpfte sich innig mit seiner Geliebten. Er konnte die Worte des Gesanges nicht verstehen. Von Stufe zu Stufe schien es ihm, jetzt würden sie ihm gleich verständlich sein. Eine gewisse Reihe kam öfter wieder. Er sprang die letzten Stufen schnell hinab und fand sich in einer Art Vorhalle, dämmerig erleuchtet; das Licht kam unter einer Tür hervor, die ihm entgegenstand, aus Holz mit ehernen verzierten Bändern. Er fand kein Schloß und keinen Griff, aber als er sich der Tür näherte, bewegten sich die Türflügel in den Angeln. Deutlich hörte er in diesem Augenblick die letzten von den Worten, die schon öfters wiedergekehrt waren. Sie hießen:

Was fruchtet dies, wir werden nicht geboren!

Er hatte keine Zeit, über den Sinn dieser Worte nachzudenken. Er war über die Schwelle getreten und die Türflügel schnappten hinter ihm leise wieder zu. Er stand in einem geräumigen Saal, dessen Wände, wie ihm schien, aus nichts anderem als dem geglätteten Gestein des Berges bestanden. In der Mitte des Raumes war ein Tisch gedeckt, für je einen Gast an jedem Ende. Zu jeder Seite des Tisches brannten mit sanftem feierlichen Licht sechs hohe Lampen. Nirgend war an den Wänden ein Gerät; trotzdem atmete das Ganze eine seltsam altertümliche Pracht, die dem Kaiser die Brust beengte. Ein Knabe ging zwischen dem Tisch und dem dunklen, der Tür entgegen gelegenen Teil des Saales ab und zu. Es mußte dieser sein, der gesungen hatte. Er brachte Schüsseln, die aus purem Gold schienen, und langhalsige, mit Edelsteinen besetzte Krüge und ordnete sie auf die Tafel. Manche Schüssel mit ihrem Deckel war so schwer, daß er sie nicht auf den Händen, sondern auf dem Kopf trug, aber er ging unter der Last wie ein junges Reh. Der Knabe kam aus dem Dunkel gegen das Licht, er sah den Kaiser in der Tür stehen und schien nicht überrascht. Er drückte die Hände über der Brust zusammen und verneigte sich. Von rückwärts rief eine Stimme: – Es ist an dem! – Doch war dieser Teil des Saales im Halbdunkel und erst später gewahrte der Kaiser, daß sich dort eine Tür befand, völlig gleich der in seinem Rücken, durch die er eingetreten war, und ihr genau entgegenstehend. Der laute Ruf verhallte nach allen Seiten und offenbarte die Größe des Gemachs. Der Knabe neigte sich vor dem Kaiser bis gegen die Erde und sprach kein Wort. Aber er wies mit einer ehrfurchtsvollen Gebärde auf den einen Sitz am oberen Ende der Tafel. Obwohl alle zwölf Lampen, welche die beiden langen Seiten des Tisches begleiteten, anscheinend mit gleicher Stärke brannten, mußte doch das Licht, das denen am oberen Teil entströmte, von der stärkeren Beschaffenheit sein und umgab diesen Platz und die Prunkgeräte, die dort angerichtet waren, mit strahlender Helle, die Mitte des Tisches war noch sanft und rein erleuchtet und das untere Ende lag in einer bräunlichen Dämmerung. Der Knabe sah mit Aufmerksamkeit auf den Kaiser hin, aber sein Mund blieb fest zu. Es dauerte einen Augenblick, bis sich der Kaiser besann, daß es in jedem Fall an ihm wäre, die er-

sten Worte zu sprechen. – Was ist das? fragte er, du
richtest hier eine solche Mahlzeit an für einen, der
zufällig des Weges kommt? – Die festverschlossenen
Lippen des schönen Knaben lösten sich; er schien ver-
legen, und trat hinter sich und sah sich um. Aber der
Kaiser achtete schon nicht mehr auf ihn; denn drei
Gestalten, die er nicht genug ansehen konnte, waren
irgendwo seitwärts aus der Mauer herausgetreten. Die
mittlere war ein schönes junges Mädchen, sie glitt
mehr als sie ging auf den Kaiser zu, zwei Knaben liefen
neben ihr und konnten ihr kaum nachkommen; sie
glichen dem Tafeldecker an Schönheit, aber sie waren
kleiner und kindhafter als dieser. Das Mädchen hielt
einen gerollten Teppich in Händen, den sie vor den
Kaiser hinlegte; dabei neigte sie sich bis fast an den
Boden. – Vergib, o großer Kaiser, sagte sie – nun erst,
da sie sich aufrichtete, sah er, daß sie trotz ihrer noch
kindlichen Zartheit nicht um vieles kleiner war als er
selber – vergib, sagte sie, daß ich dein Kommen über-
hören konnte, vertieft in die Arbeit an diesem Teppich. Sollte er aber würdig werden bei der Mahlzeit,
mit der wir dich vorlieb zu nehmen bitten, unter dir zu
liegen, so durfte der Faden des Endes nicht abgerissen,
sondern er mußte zurückgeschlungen werden in den
Faden des Anfanges. – Sie brachte alles mit niederge-
schlagenen Augen vor; der schöne Ton ihrer Stimme
drückte sich dem Kaiser so tief ein, daß er den Sinn
der Worte fast überhörte. Der Teppich lag vor seinen
Füßen; er sah nur einen Teil und nur die Rückseite,
aber er hatte nie ein Gewebe wie dieses vor Augen
gehabt, in dem die Sicheln des Mondes, die Gestirne,

die Ranken und Blumen, die Menschen und Tiere ineinander übergingen. Er konnte kaum den Blick davon lösen. Er besann sich mit Mühe auf die Pflicht der Höflichkeit, und es verging eine kleine Weile, bevor er einige Worte an die jungen Unbekannten gerichtet hatte.

– Ihr seid vermutlich auf einer Reise, sagte er mit großer Herablassung, und indem er von seiner Stimme alles Gebieterische abstreifte. Eure Zelte und die eures Gefolges, denke ich, sind in der Nähe aufgeschlagen, und ihr habt der Kühle wegen dieses alte Gewölbe aufgesucht? Ich möchte nicht hören, daß ihr in diesem Berge wohnet! – Die Kinder hingen mit der größten Aufmerksamkeit an seinem Munde. Bei den letzten Worten, die unwillkürlich mit mehr Strenge über seine Lippen kamen, zuckte ein Lachen über ihre Gesichter. Man sah, wie die drei Knaben sich bemühen mußten, nicht laut herauszulachen. Das Mädchen aber war gleich wieder gefaßt, ihre Züge nahmen wieder den Ausdruck der größten Aufmerksamkeit, fast der Strenge an. – Oder ist eures Vaters Haus nahe? fragte der Kaiser abermals; nichts an ihm verriet, daß er ihr unziemliches Betragen bemerkt hätte. – Die drei Knaben mußten noch mehr mit dem Lachen kämpfen, und der Tafeldecker bückte sich eilig und machte sich an dem Tisch zu tun, um sein Gesicht zu verbergen. – Wer ist denn euer Vater, ihr Schönen? fragte der Kaiser zum drittenmal mit unveränderter Gelassenheit; nur wer ihn gut kannte, hätte an einem geringen Zittern seiner Stimme seine Ungeduld erraten. Das schöne Mädchen bezwang sich zuerst. – Vergib uns, erhabener Gebieter, sagte sie, und zürne nicht über meine jungen Brüder, sie sind ohne alle Erfahrung in der Kunst des höflichen Gespräches. Dennoch müssen wir dich bitten, mit der geringen Unterhaltung, die wir dir bieten können, für eine Weile vorliebzunehmen, denn es scheint, unser ältester Bruder hat noch nicht alle Speisen und Zutaten beisammen, die er für würdig findet, dir vorgesetzt zu werden. – Ihre Gebärde lud ihn ein, sich dem Tisch zu nähern, und er fühlte, daß er fast matt vor Hunger war, aber die Haltung der Kinder und die unbegreifliche Anmut aller ihrer Stellungen, selbst der ungezogenen, entzückte ihn so, daß er keinen Gedanken an etwas anderes wenden konnte. Das Mädchen war am oberen Ende des Tisches niedergekniet, sie breitete den Teppich aus und lud ihn ein, sich darauf niederzulassen. Das Gewebe war unter seinen Füßen, Blumen gingen in Tiere über, aus den schönen Ranken wanden sich Jäger und Liebende los, Falken schwebten darüber hin wie fliegende Blumen, alles hielt einander umschlungen, eines war ins andere verrankt, das Ganze war maßlos herrlich, eine Kühle stieg aber davon auf, die ihm bis an die Hüften ging. – Wie hast du es zustande gebracht, dies zu entwerfen in solcher Vollkommenheit? – Er wandte sich dem Mädchen zu, das in Bescheidenheit einige Schritte weggetreten war. Das Mädchen schlug sofort die Augen nieder, aber sie antwortete ohne Zögern. – Ich scheide das Schöne vom Stoff, wenn ich webe; das was den Sinnen ein Köder ist und sie zur Torheit und zum Verderben kirrt, lasse ich weg. – Der Kaiser sah sie an. – Wie verfährst du? fragte er und fühlte, daß er

Mühe hatte, gesammelt zu bleiben. Denn jeder einzelne Gegenstand, den sein Auge berührte, drang mit wunderbarer Deutlichkeit in ihn: er sah vieles im Saal und glaubte von Atemzug zu Atemzug mehr zu sehen. – Wie verfährst du? fragte er nochmals. – Die junge Dame folgte seinem Blick mit Entzücken. Es verging eine Weile, bis sie antwortete. – Beim Weben verfahre ich, sagte sie, wie dein gesegnetes Auge beim Schauen. Ich sehe nicht was ist, und nicht was nicht ist, sondern was immer ist, und danach webe ich. – Aber er hörte sie nicht, so verloren war sein Blick im Anschauen der herrlichen Wände, in denen das Licht der Lampen sich spiegelte. An der Spannung, mit der die Gesichter der Knaben sich ihm zuwandten, erkannte er, daß die Antwort an ihm war. Er war ganz gebunden von der Schönheit dieser Gesichter, auf denen ein Schmelz lag, wie er ihn nie auf den Gesichtern von Kindern meinte gekannt zu haben, und in den Augen, die sich gespannt auf ihn richteten, sah er, was er nie in irgendwelchen Augen wahrgenommen hatte. – Sind euer noch mehr Geschwister? fragte er ohne Übergang den einen, der ihm zunächst war. Er wußte nicht, wie ihm gerade diese Frage in den Mund kam. Sein Auge hing wie gebannt an ihren Gestalten. Die Lust des Besitzenwollens durchdrang ihn von oben bis unten, er mußte sich beherrschen, sie nicht anzurühren. – Das hängt von dir ab, gab ihm nicht der Gefragte, sondern der andere der beiden zur Antwort. – Nun wandte sich der Kaiser an diesen und fühlte selbst, wie er sich bemühte, der Frage einen spaßhaften Ton zu geben. – Ist das Haus nahe oder ferne? Nun vorwärts,

seid ihr im Guten oder Bösen weggelaufen, wie? –
Der Knabe blieb die Antwort schuldig, er sah über
den Tisch den Tafeldecker an, sie hatten aufs neue
Mühe, ihr Lachen zu unterdrücken. Der Kaiser richtete sich in den perlenbestickten Kissen, in denen er
lehnte, etwas auf. Es kostete ihn eine sonderbare
Mühe, seine Stellung zu ändern; ein Gefühl der Kälte,
das von seinen Füßen und Händen ausging, drang ihm
bis ans Herz. Er sah die Kinder scharf an. – Habt ihr
vorausgewußt, daß wir einander begegnen werden?
fragte er wieder, aber ohne sich an einen Bestimmten
aus der Gesellschaft zu wenden. Ist das das Ende einer
Reise oder der Anfang? Liegt mehr vor euch oder
mehr hinter euch? – Der Ton seiner Stimme klang
strenger in dem hohen Gemach, als er gewollt hätte,
und seine Fragen folgten schnell nacheinander. – Du
liegst vor uns, und du liegst hinter uns! rief der Tafeldecker ganz laut, wobei er mit zur Erde gestreckten
Händen, in denen er den goldenen Schöpflöffel hielt,
eine tiefe Verbeugung vor dem Kaiser machte. – Der
eine von den Kleinen lief zu dem Kaiser hin, stellte
sich dicht an ihn, und indem er ihm mit gespieltem
Ernst fest in die Augen schaute, sagte er langsam und
nachdrücklich: – Deine Fragen sind ungereimt, o großer Kaiser, wie eines kleinen Kindes. Denn sage uns
dieses: wenn du zu Tische gehst, geschieht es, um in
der Sättigung zu verharren oder dich wieder von ihr
zu lösen? Und wenn du auf Reisen gehst, ist es, um
fortzubleiben oder um zurückzukehren? – Was sind
das für Reden, rief das Mädchen, und ihre Augen vergrößerten sich. – Hierher und hinter mich! – Der

Kleine sprang zurück an ihre Seite und küßte mit Reue
und Ehrfurcht immer wieder ihre herabhängenden
Ärmel und der andere auch, obwohl sie sich über ihn
nicht erzürnt hatte. Sie gab ihnen keinen Blick und
hob ängstlich flehend die Hände gegen den Kaiser. –
O wie können wir deine Zufriedenheit erwerben, die
wir so unvollkommen sind! rief sie voll Angst. – Der
Kaiser sah nur ihre Hand, die unvergleichlich schön
war und von alabasterhaft durchscheinendem Glanz. –
Ihr seid's, die ich besitzen und behalten muß, rief er
aus, es sei auf welchem Wege immer! – Ihre Hand
zuckte zurück, ihr Auge traf ihn mit unsäglicher Scheu
und Ehrfurcht, er bereute seine überheblichen Worte,
noch mehr die unverhüllte Heftigkeit seines Tons, und
setzte schnell mit sanftem dringenden Tonfall hinzu: –
Auf welchem Wege werde ich mit euch für immer ver-
einigt? Denn das will ich, und müßte ich Blut meines
Herzens dafür hergeben! – Das Mädchen erschrak
abermals sichtlich. Es schien, als wäre ihr diese Frage
zu gewaltig für Worte, und als vermöchte sie darauf
nur mit den Augen zu antworten. – Ich bin gewohnt,
zu erreichen, was ich begehre! rief der Kaiser. – Ihre
ganze Seele lehnte sich aus ihrem Auge, und sie traf
den Kaiser mit einem langen Blick, in dem sich Ehrfurcht, Zärtlichkeit und namenloses Bangen mischten,
und der so stark war, daß der Kaiser sein Auge niederschlug, um sich in sich zu sammeln zu einer entscheidenden Frage; ihm war, als schwebte sie schon auf
seinen Lippen, aber er vergaß sie: denn als er die
Augenlider wieder aufschlug, sah er den ganzen Tisch
mit Blumen bedeckt, die im Licht der Lampe auf-

leuchteten wie ausgeschüttete Edelsteine, er sah noch, wie die Hand des Mädchens die letzten an der Seite zu den übrigen hingleiten ließ, wie sie ihr aus den Händen flossen und sich von selber ordneten und schließlich alle geordnet dalagen gleich einer herrlichen kunstvollen Stickerei. Er sah ihr Gesicht leuchten, und wie sie mit den Augen liebevoll Einem zuwinkte, der vordem nicht dagewesen war, und der an Größe und Schlankheit der Gestalt ihr selber glich, und er gewahrte jetzt am entgegengesetzten Ende des Saales eine Tür, gerade wie die, durch welche er selbst vor nicht langer Zeit eingetreten war, deren Flügel jetzt offenstanden, und durch welche paarweise halbgroße Kinder eintraten, die verdeckte Schüsseln in Händen trugen. – Wer ist dieser? fragte der Kaiser das Mädchen, indem er mit seinen Augen auf den wies, der vordem nicht dagewesen war. Ist er der Küchenmeister? – Es ist an dem! rief dieser, als wollte er sich als solchen zu erkennen geben, denen mit den Schüsseln zu, und sie näherten sich paarweise, lautlos und sehr schnell, und trugen laufend auf, indem immer der eine auf das obere Ende des Tisches und den Platz des Kaisers zulief und der andere auf das entgegengesetzte Ende.

– Was soll dieses Wort, das ich zum zweiten Male höre? rief der Kaiser aus. Und warum vollzieht sich dies so schnell, daß ich kaum zu mir selber komme? Sage diesem, er solle sich die nötige Zeit lassen. – Die Zeit? sagte das Mädchen und sah ihn mit verlegenem Ausdruck an. Wir kennen sie nicht, aber es ist unser ganzes Begehren, sie kennen zu lernen und ihr untertan zu werden. – Die Verlegenheit stand ihr noch reizender. Der Kaiser weidete seinen Blick an ihr; aber es war nichts von Begehrlichkeit in seinem Entzücken.

Der Küchenmeister schlug in die Hände; die Auftragenden sprangen zur Seite und bildeten zwei Reihen. Wie ein blitzendes Licht kam zwischen ihnen ein Reiter herein und sogleich noch einer, der eine auf einem stahlgrauen Pferd, der andere auf einem feuerfarbenen. Sie trugen jeder eine verdeckte goldene, mit Edelsteinen gezierte Schüssel vor sich auf dem Sattelknopf. Sie parierten die Pferde einer nach dem andern; zu jedem sprang einer von den Vorschneidern und nahm mit höchstem Ernst die Schüssel in Empfang und präsentierte sie kniend von dort her dem Kaiser. Die Reiter rissen ihre Säbel hervor und begrüßten den Kaiser, indem sie gegen ihn anritten und sich blitzschnell aus dem Sattel senkten und zur Rechten und zur Linken des Tisches mit den Spitzen ihrer Säbel klingend den Boden berührten. Des Kaisers Seele trat in sein Auge; mehr als alles entzückte ihn die geschwisterliche Ähnlichkeit zwischen diesen Jünglingen und den kindischen Knaben, mit denen er vorher Gesellschaft gepflogen hatte. Er wünschte über alles nun mit diesen Neuen zu sprechen, er gab ihnen Blicke der äußersten Huld und Vertraulichkeit, er winkte sie zu sich heran. Aber alles war vergeblich. Als verstünden sie nicht, daß er ihre Gesellschaft begehrte, ließen sie, indem sie mit einer zauberischen Anmut in die Zügel griffen, ihre Pferde auf dem glatten Steinboden zurücktreten und weiter zurück, bis sie mit den Hinterhufen fast die Mauer berührten. Dann brachten sie sie mit einem leisen Anzug der Zügel dazu, sich hoch aufzubäumen, die Vorderhufe griffen in die Luft, sie glichen Vögeln in der Beweglichkeit ihrer Hälse und spielten mit ihrer eigenen Last wie schuppige Fische im Mondlicht, der eine zur Linken, der andre zur Rechten des Saales. Die Mienen der Knaben waren angespannt, doch schwebte ein silbernes Lächeln auf ihnen, das sie beständig dem Kaiser zusandten, es war klar, daß ihr Auftrag beendet war, und daß sie wieder aus dem Saale verschwinden würden, aber daß sie aus Ehrfurcht ihrem Gast nicht den Rücken wenden wollten. Sie glitten in die Wand hinein, ohne daß man sehen konnte, wie die Wand sich auftat, ihr Lächeln war das Letzte, das noch aufleuchtete wie ein spiegelnder Schein.

– Wohin sind sie? rief der Kaiser aus, und ein scharfer Schmerz durchfuhr ihn. – Er konnte nicht fassen, daß ein Anblick so schnell dahin war, den er so schnell liebgewonnen hatte.

Die Augen des Mädchens ruhten immer mit dem gleichen Entzücken auf ihm; sie schien den Ausdruck des Staunens von seinem Gesicht wegzutrinken, und sie rief: – Gleicht dies, o großer Kaiser, nicht meinem Teppich und den Rundungen und Verschlingungen, die deinem gepriesenen Auge wohlgefällig waren, und bist du zufrieden mit diesem Schauspiel, das mein zweiter und mein dritter Bruder dir bieten? –

– Wahrhaftig, es ist das Gleiche, erwiderte ohne Atem der Kaiser. Aber warum diese Hast? rief er und mußte ohne seinen Willen laut aufseufzen. Was sollen mir unmündige Kinder zur Gesellschaft! Diese beiden hätten müssen zu meiner Linken und Rechten sitzen, und ich will sie wiedersehen, denn jeder von ihnen hat ein Stück meines Leibes mit sich genommen! – Niemand antwortete ihm. Die jungen Wesen liefen und bedienten ihn, der Tafeldecker legte vor. Andere kamen herein, sie gaben dem Vorschneider ihre Schüsseln ab, sie kreuzten einander, aber nie stieß einer an den andern. Der Küchenmeister lenkte alle mit seinem scharfen dunklen Blick. Es waren noch andre da, Unsichtbare, wie Schatten, die ihnen aus dem Dunkel die Schüssel reichten; man hätte nicht sagen können, wer alles im Zimmer war und wer nicht. Sie knieten wechselnd mit den Schüsseln zu seiner Linken und Rechten, jetzt kam ein kleines Mädchen an die Reihe. Das Kind trug eine schwere goldene Schüssel und konnte sie kaum erhalten; mit angespanntem Ernst zwang sie sich, nicht zu zittern.

– Wie kannst du das tun, du Kleine, Zarte? sagte der Kaiser. –

– Dienst ist ein Weg zur Herrschaft, es gibt keinen anderen, o großer Kaiser – sagte das Kind, und über die Schüssel hin traf ihn unter den reingezogenen Augenbogen ein Blick, der weit über ihre Jahre war. Ihn verlangte, ihr zu antworten; aber schon mußte er darauf achten, daß zu seiner anderen Seite einer der Knaben hinkniete, die zu Anfang mit dem großen Mädchen dagewesen waren, und ihm aus einer mit Edelsteinen vollbesetzten tiefen Schale eingemachte Gewürze anbot. Er konnte nicht widerstehen, diesen schönen Geschöpfen ein Gefühl zu bezeigen, das alle seine Adern durchdrang; er wollte sie bei sich festhal-

ten, geriete darüber auch die Ordnung der Tafel und
alles in Verwirrung. Er griff mit der Linken und der
Rechten in die Schüssel, die eine von Gewürzen und
Früchten duftende süße Speise enthielt. – Stellt eure
Schüsseln zur Erde, gebot er, und haltet eure Gesichter zu mir, und er wollte den Mund der Kinder mit der
köstlichen Speise anfüllen, aber sie bogen sich nach
rückwärts und lehnten mit flehender Gebärde ab. Er
griff nach ihnen, aber er griff ins Leere, nur ein Anhauch eisiger Luft, wie wenn eine Tür ins Freie sich
aufgetan hätte, traf seine ausgestreckte Hand und sein
Gesicht. Die Kinder waren schon weit weg, sie sahen
mit strenger Miene auf ihn herüber, jetzt schienen ihm
ihre Gesichter, seitlich gesehen, weit älter, die Augenbogen des Mädchens schärfer, fremder, so, als wäre
für sie jeder Atemzug ein Jahr. Sie glitten in die Schar
der Auftragenden hinein, und wie sie sich mit diesen
mischten, waren sie auch wieder solche Kinder wie die
anderen. Der Kaiser war betroffen wie noch nie. –
Wer bin ich, sagte er zu sich selber, und wo bin ich
hingeraten? – Seine Kehle trocknete ihm aus, unwillkürlich griff er nach dem schweren goldenen Trinkge-
fäß, das vor ihm stand, seine Lippen fühlten ein küh-
les, leise duftendes Getränk, von dem er vordem nie
gekostet hatte, er trank gierig, aber er beherrschte sich
schnell, und indem er das Gefäß erhob, rief er: – Ich
trinke euch zu! Ihr versteht es, Feste zu geben! Lob
und Preis dieser Begegnung und der staunenswerten
Erziehung, die ihr genossen habt! – Alles ist staunens-
wert in deiner Nähe, erwiderte das Mädchen, die regungslos hinter ihm stand, und dieser Augenblick, da

du unser Gast bist, ist für uns über alle Augenblicke, – und ihr Gesicht nahm einen solchen Ausdruck von Freude an, daß ihre Augen sich wie im Schreck vergrößerten. Der Kaiser winkte sie nahe an sich heran. Ein Gefühl von Glück und Sicherheit ohne Gleichen stieg in ihm auf und ließ ihn die Kühle vergessen, die bis an seine Schultern drang und die Hüften umgab wie ein eiserner Ring. Er hob und senkte zwei- oder dreimal wissend die Augenlider, bevor er sprach: – Ihr wisset um ein Geheimnis, und es könnte mich selig machen, wenn ihr mich daran teilnehmen ließet. – Zwischen uns und dir gibt es nur ein Geheimnis: die vollkommene Ehrfurcht, – antwortete das Mädchen. Des Kaisers Blick ruhte auf ihr ohne Verständnis, aber mit Entzükken, und sein Kopf blieb ihr zugewandt; zugleich sah er, aber ohne hinzusehen, daß schon wieder einer mit einer frischen Schüssel neben ihm kniete, indessen ein anderer den Deckel abhob. Er dachte noch immer nach über die Antwort, die ihm mehr zu enthalten schien als eine bloße Höflichkeit, und zugleich griff er in die Schüssel, aber ohne seinen Blick hinzuwenden.

– Du sprichst von dem, was wir dir sind, warum fragst du niemals, was du uns bist? sagte das Mädchen schnell und leise wie ein Hauch. – Des Kaisers Miene wechselte, und sein Mund öffnete sich plötzlich und verriet, indem die Zähne sich für einen Augenblick entblößten, eine Ungeduld, die nicht mehr zu bezähmen war. – Ich begehre Auskunft von euch, wie ich euch für immer an mich bringen kann! rief er laut und befehlend, und erkannte kaum seine eigene Stimme. – Das Mädchen war plötzlich dicht bei seiner Schulter, wie ein Vogel, und bog ihr Gesicht zu ihm hinunter; die Schönheit dieser blitzschnellen Bewegung beseligte ihn. – Eben in dem Augenblick, flüsterte sie, da wir dir dies sagen werden, wirst du uns von dir treiben auf immer! –

Der Speisemeister sah sie über den Tisch an; sie ging gehorsam hinüber und stellte sich hinter den Bruder, seitlich der Mitte des Tisches. Der Kaiser hob seinen Blick ihr nach. Das Unbegreifliche ihrer Antwort verdroß ihn, sein Gesicht verdunkelte sich, daß sie den Befehlen eines anderen in seiner Gegenwart gehorchte; er war nahe daran, den Tisch von sich zu stoßen und sich zu erheben. In diesem Augenblick kam das kleine Mädchen an ihm vorbei. Ihr Gesicht lächelte ihn an, und die Worte: – Wahre Größe ist Herablassung, o großer Kaiser! – kamen leise von ihren Lippen und beruhigten ihn, so daß er, wie ein unbefangen Speisender, gerade vor sich hinsah. So geschah es, daß er zum ersten Male seit Beginn der Mahlzeit seine Augen auf das dunkle Ende des Tisches ihm gegenüber richtete, und mit Staunen sah er, daß dort etwas vorging, dessen Bedeutung er noch minder erfassen konnte als alles Frühere.

Er gewahrte, wie die Gleichen, die ihn mit strahlendem Lächeln bedient hatten, dort zur Linken und zur Rechten des unbesetzten Sitzes hinknieten, und wie sie einem Gast, der nicht da war, mit tiefem Ernst jede der Schüsseln anboten. Die Stehenden hoben den Deckel ab, warteten eine Weile mit der gleichen Ehrfurcht wie bei ihm selber, und schlossen die Schüsseln wieder. Wenn sich die Knienden erhoben und wegtraten, waren ihre Gesichter von Tränen überströmt, Tränen flossen über die Gesichter der Stehenden herunter, und unaufhörlich drangen Seufzer aus ihrer Brust. Neue traten hinzu, und wenn sie den Gast, der nicht da war, bedient hatten, weinten sie und seufzten wie die andern. Ihr Seufzen und halbunterdrücktes Weinen füllte den ganzen Saal.

Zugleich bemerkte er, daß die Lampen mit einemmal matter leuchteten, so als ob sie herabgebrannt wären. Er wandte sein Gesicht dem Küchenmeister zu, und wollte ihm einen Wink geben, daß er sich um die Lampen bekümmere, die auszugehen drohten. Da traf ihn, aus der Miene des Küchenmeisters, von oben und seitwärts her, ein Blick, den er einmal im Leben ausgehalten hatte und nie wieder aushalten zu müssen vermeint hatte: es war der Blick, mit dem damals der blutende Falke seinen Herrn von einem hohen Stein aus zum letzten Male lange und durchdringend ansah, bevor er mit zuckenden, mühsamen Flügelschlägen in die Dämmerung hinein verschwand. Mit sehr großer Anspannung hielt der Kaiser den Blick des Wesens aus. – Wer bist du? rief er. Herbei vor meine Füße! und schlug die Augen nicht nieder. – Der Küchenmeister wandte die seinen langsam, wie verachtend, ab und gab ein einziges Zeichen. Alle hielten inne im Laufen und Schüsselreichen, im Deckelheben und Vorschneiden. Überall standen Schweigende. Durch sie hin schritt er lautlos auf den Kaiser zu. Die Prinzessin tat einen Schritt, als ob sie zwischen beide treten wollte, dann blieb sie wie gebunden stehen. – Wer ist dieser? schrie der Kaiser über die Schulter gegen

sie hin. Welche Überhebung in jedem seiner Schritte!
Wer hat ihn zu meinem Richter gemacht? – Er fühlte
sein Herz in dumpfen Schlägen klopfen. Unter diesem
hatte er sich langsam vom Boden aufgehoben. Es war
ihm so schwer, als ob er eine fremde Last von der Erde
aufrichten müßte. Er wandte sich und sah über seine
Schulter das Mädchen nahe stehen. Hinter ihr waren
zwei aus der Wand getreten und kamen auf ihn zu,
von denen der eine ein goldenes Waschbecken trug,
der andere einen kleinen Handkrug. Als sie dicht vor
ihm standen und sich anschickten das Wasser über
seine Hände zu gießen, erkannte er in ihnen die beiden wunderbaren Knaben wieder, die als Truchsessen
zu Pferde gekommen und rittlings in die Wand verschwunden waren. Der Kaiser winkte ihnen zu; er öffnete willig und lächelnd seine Hände gegen sie, aber
sie schienen ihn nicht zu kennen. Er öffnete die Lippen, um sie anzureden, aber die Anrede erstarrte ihm
in der Kehle. Fremd und trauervoll sahen sie ihn an,
der eine hielt das Becken hin, der andere hob den
Krug. Das Wasser sprang aus dem Krug, es fiel hart
auf die Hände des Kaisers und rann an ihnen herunter
wie an totem Stein. Der Kaiser sah, wie trostsuchend,
hinüber auf das Mädchen; sie hielt beide Hände nach
oben gestreckt, ihr juwelenes Gesicht strahlte, sie
schien irgendwo hinzudeuten, wo Trost und Hilfe war.
Der Kaiser mühte sich, den Sinn ihrer Gebärde in
seinem Inneren aufleuchten zu lassen, aber es waren
nur trübe, unklare Empfindungen in ihm, von denen
eine die andere verdrängte. Seine ganze Aufmerksamkeit war gespannt von dem Wissen, daß jener Andere

dort hochaufgerichtet und mit langsamen, gleichsam strengen Schritten auf ihn zukam; an den dumpfen Schlägen seines Herzens gemessen, erschien es ihm unerträglich lange, bis dieser den kurzen Weg zu ihm zurückgelegt hatte. Jetzt aber fühlte er ihn, ohne aufzusehen, dicht neben sich: es war eine Kühle, die ihn aus nächster Nähe von den Schläfen bis zu den Zehen anwehte. Durch die Wimpern blinzelnd, sah er: das Wesen hatte, in die leere Luft fassend, jetzt ein weißes Linnen in Händen und trocknete ihm damit in einer ehrerbietigen Haltung die Hände ab. Aber die wehende Berührung dieses Linnens kräuselte ihm das Fleisch. – O Kaiser, sagte jetzt die Stimme so dicht an seiner Wange, daß er den kalten Hauch fühlte und vor Beleidigung über eine Unehrerbietigkeit, wie sie ihm nie im Leben widerfahren war, erzitterte, – bedauerst du nicht, daß wir umsonst für Sie gedeckt haben? – Nichts kam der Gewalt des Vorwurfes gleich, den diese einfachen Worte enthielten. Sein Herz krampfte sich zusammen, kalte Tränen liefen ihm hinunter, sie erstarrten ihm an den Wangen. Zum Zeichen, daß er niemandem erlaube, zu ihm von seiner Frau zu sprechen, und daß er sich von niemand zwingen lassen würde, preiszugeben, was ihm allein gehörte, sah der Kaiser starr vor sich hin. Die Kälte, die ihn umgab, tat ihm jetzt für einen Augenblick wohl; nichts konnte an sein Herz heran. Sogleich öffneten die Kinder rings im Saal den Mund. – Sie möchte kommen, aber sie kann nicht! riefen sie ihm entgegen. O, daß wir ihr Gesicht sähen! riefen sie von allen Seiten und fingen wieder an zu seufzen und zu weinen. –

– Was sind das für Klagen! wollte er streng ausrufen, aber die Worte kamen nicht aus seiner Kehle. – Von der Mitte des Gemaches her erhob sich ein Wind, ein schauerlicher Anhauch. Zugleich traf ihn wieder die Stimme dessen, der ihm beständig zu nahe trat, halblaut, aber aus nächster Nähe. – Schlecht ist der Lohn dessen, der dir hilft zu gewinnen, was dein Herz begehrt! Das weiß dein roter Falke! – Bei der unverhüllten Erwähnung jener ersten Liebesstunde, die auf der Welt keinen Zeugen gehabt hatte als den stummen Vogel, knirschte der Kaiser laut mit den Zähnen. – Furchtbar war jetzt wieder die Stille. Der Wind hatte sich gelegt. – Erkennst du meinen ältesten Bruder nicht wieder? lispelte das Mädchen ihm zu. – Er ist es, der mit seinen Schwingen ihre Augen schlug und dir geholfen hat, sie zu gewinnen. – Der Kaiser gab keine Antwort. – Sie sucht den Weg zu uns! riefen die Kinder. – Segne du ihren Weg, das ist es, was wir von dir verlangen! –

– Was ist das für ein Weg? rief der Kaiser zurück, und sogleich durchfuhr ihn Reue über seine Worte, aber schwer und dumpf, ohne daß er sich deutlich sagen konnte, warum. – Was fruchtet es, wenn wir dir sagen, was du nicht fassest! entgegneten die Kinder. – Du trägst ihren Brief auf der Brust und verstehst nicht ihn zu lesen. –

– Wie ist das? rief der Kaiser. – Er fühlte die Kälte seines Herzens, indem er redete.

– Sonst kenntest du ihre Not und verständest ihre Klagen, antworteten sie. – Der Kaiser griff unwillkürlich nach seiner Brust; aber er fühlte, daß nichts ihm gegen diese helfen könnte, und ließ es sein. – Du hast den Knoten ihres Herzens nicht gelöst! das ist es, worüber wir weinen müssen. So muß sie von dir genommen werden und in dessen Hände gegeben, der es vermag, den Knoten ihres Herzens zu lösen. – Der Wind hatte sich wieder erhoben und hauchte ihn an.

– Wer sagt euch dies alles? kam es von seinen Lippen. –

– Zwölf Monde sind vergangen und sie wirft keinen Schatten! riefen die Kinder. –

– So wisset ihr alles? fragte der Kaiser. – Wir wissen das Notwendige, antworteten die Kinder. Du hast sie mit Mauern umgeben, riefen sie mit wechselnden Stimmen, darum muß sie hinausschlüpfen wie eine Diebin. Wie eine verdürstete Gazelle schleicht sie hin zu den Häusern der Menschen! – Auf welche Weise wagen sie es, mir diese Dinge zu sagen? dachte der Kaiser. – Er faßte auf, daß die Kinder dies mit wechselnden Stimmen sangen. – Dies ist der Gesang, den ich hörte, als ich draußen stand, sagte er zu sich. –

– Sie tut die Dienste einer Magd, sangen die schönen Stimmen wieder, aber es gereut sie nicht. Sie tut sie um unseretwillen und kaum, daß das Licht der Sonne auf ist, sitzt sie auf ihrem Bette und ruft mit Verlangen: Wo bist du, Barak? Herein mit dir! Denn dir, Barak, bin ich mich schuldig! – Dir, Barak, bin ich mich schuldig, wiederholten alle, mit strahlendem Klang, der oben ans Gewölbe schlug. –

– Was sind das für Worte? rief der Kaiser mit aufgerissenen Augen und dem letzten Atem seiner Brust, die schwer wurde wie Stein. –

– Die entscheidenden! antworteten die Kinder. –
Sein Kinn sank ihm schwer gegen die Brust. – O weh,
sagte er vor sich hin, wehe, daß mein Lustigmacher
sich unterstanden hat, von meiner Schwermut zu reden, ehe ich diese Stunde gekannt habe. –

– Heil dir, Barak! sangen die Kinder mit wunderba-
rem Klang, du bist nur ein armer Färber, aber du bist
großmütig und ein Freund derer, die da kommen sollen! und wir neigen uns vor dir bis zur Erde. – Der
Kaiser stand unbeachtet in der Mitte, sie neigten sich
vor einem, der nicht da war; ihre schönen Gesichter
kamen der Erde so nahe, daß der ganze Boden aufleuchtete wie Wasser. Das Mädchen stand seitwärts.
Ihr Blick ruhte unverwandt auf dem Kaiser mit einer
unbeschreiblichen Mischung von Liebe und Angst. Er
richtete seine Augen noch einmal auf sie. – Antworte
mir du, sagte er. Wer ist dieser Barak und welchen
Handel hat meine Frau mit ihm? – Oh nur ein Gran
von Großmut! riefen die Kinder durchdringend. –
Welchen Handel? fragte er noch einmal streng und
sah nur durch die Wimpern nach ihr. – Seine Augenlider wurden ihm schwerer als Blei. Er erwartete und
wollte keine Antwort. Das Mädchen löste sich von
den anderen; es war, als ob sie mit geschlossenen Füßen auf ihn zugehe; ihr betrübtes Gesicht schien ihm
ein wunderbares Geheimnis anvertrauen zu wollen. –
Nur ein Gran von Großmut! riefen die Stimmen. –
Mit Grausen erkannte er, daß das Mädchen jetzt in
unbegreiflicher Weise seiner Frau glich. Aus ihren
Augen brach ein Blick der äußersten Angst und zugleich Hingabe; sie war das Spiegelbild jener zu Tode

geängsteten Gazelle. Er las in diesem Blick nichts anderes, als das Eingeständnis dessen, was er nie wollte genannt hören, und die Bitte um eine Verzeihung, die er nicht gewähren konnte. Er haßte die Botschaft und die Botin und fühlte sein Herz völlig Stein geworden in sich. Ohne ein Wort suchte seine Hand nach dem Dolch in seinem Gürtel, um ihn nach dieser da zu werfen, da er ihn nicht nach seiner Frau werfen konnte; als die Finger der Rechten ihn nicht zu fühlen vermochten, wollten ihr die der Linken zu Hilfe kommen, aber beide Hände gehorchten nicht mehr, schon lagen die steinernen Arme starr an den versteinten Hüften und über die versteinten Lippen kam kein Laut. – Es ist an dem! rief mit lauter Stimme der älteste Bruder. – Die Lampen und der gedeckte Tisch waren im Nu verschwunden. – Nur ein Gran von Großmut, o unser Vater! riefen noch einmal mit Inbrunst alle die schönen Stimmen, aber die Statue, die groß und finster in ihrer Mitte stand, regte sich nicht mehr. – Die Geschwister bewegten sich wie Flammen auf und ab, von ihren Gesichtern leuchtete ein milder Schein. Das älteste Mädchen war noch am längsten erkennbar, ihre Augen hingen an der Statue. Die Wände rückten zusammen, die Türen waren verschwunden, das Gemach war kreisförmig. Von oben öffnete sich's, die Sterne sahen herein, die Gestalten waren verflogen, und in der Mitte die Statue des Kaisers blieb allein.

Als die Amme vor Sonnenaufgang zur Kaiserin hereintrat, fand sie zu ihrer Verwunderung diese schon wach und auf ihrem niedrigen Lager sitzen. Die Amme kniete bei ihr nieder und nahm das Alabastergefäß mit der schwarzen Salbe hinter dem Bett hervor. – Mir ist wohl, sagte die Kaiserin, ich fühle, daß wir heute den Schatten gewinnen werden. – Ihr Gesicht strahlte; die Amme verbrauchte die doppelte Menge von dem verdunkelnden Saft.

Sie stießen hinab und standen vor dem Färberhaus, nicht von der Gassenseite her, sondern neben dem Fluß, wo der Färber einen halboffenen Schuppen hatte, in dem er arbeitete; seitlich führte eine Leiter zum flachen Dach des Hauses, wo die Trockenstatt war. – Warte, sagte die Amme, wir wollen sehen, was das Weib vorhat. Es ist viel wert, sehen und nicht gesehen werden, – und sie traten hinter den Schuppen. Wie gerufen, kam die Frau aus dem Haus auf den Hof heraus. – Sieh, wie sie in aller Früh schon blaß und hohläugig aussieht, flüsterte die Amme. Das wird ein Tag, wie wir ihn brauchen. – Die Färberin ging quer über den Hof, ohne auf irgend etwas zu achten. Sie war in ein finsteres Nachdenken versunken. Als die Amme und die Kaiserin aus ihrem Versteck heraustraten, war die Frau in keiner Weise verwundert, die beiden an dieser Stelle zu sehen. Sie schien sich gar nicht bewußt, daß sie sie seit gestern abend nicht gesehen hatte. Sie schob die zerrissene Schilfmatte, die vor der Haustür hing, zur Seite und ließ die Amme vorausgehen. – Du mach dich fort, sagte sie, als die Kaiserin hinter der Amme dreingehen wollte. Dich will ich nicht sehen. – Die Amme wollte ihre Tochter in Schutz nehmen. – Hinaus, sagte die Frau, mach dich dem Färber nützlich und bediene den Buckel und das Einaug. Sie ist mir verhaßt an Händen und Füßen, schweig mir von ihr, setzte sie hinzu und ließ die Amme allein eintreten. Sie wischte zwei Holzschemel ab und ließ sich auf den einen nieder. – Da, setz dich zu mir, sagte sie. Ich habe dich zuerst für eine Lügnerin und Windmacherin gehalten; ich muß dir abbitten. Du bist hereingekommen und hast mir zugeschworen, es gebe einen in der Welt, der meiner gedächte, und dann hast du mir den Wildfremden hereingeführt, den meine Augen nie gesehen hatten. – Sie sprach langsam und nachdrücklich, wie wenn sie alles lange vorher genau überlegt hätte. – Nun gut, ich habe ihn gesehen, dank dir, o meine Lehrerin; er ist schön, und sie vergrub ihr jäh aufglühendes Gesicht in den Händen, und er will mich haben, das habe ich vernommen, setzte sie finster hinzu. So höre du, was ich beschlossen habe. – Sie unterbrach sich, schob den Türvorhang ein wenig zur Seite und sah hinüber. Der Färber hatte sein Beinkleid hinaufgerollt so hoch es ging, den Zipfel seines Hemdes hatte er im Gürtel stecken, und stand in einem halbhohen Schaff, aus dem Dampf aufstieg. Mit einem Bein ums andere gleichmäßig tretend, walkte er den Schmutz und das Blut aus dem Gewand eines Schlachters. Die Kaiserin kauerte seitwärts auf ihren Fersen an der Erde und sah auf ihn. Zehn Schritte weiter lag der Einäugige und schlief wie ein Stein, indes ihm die Sonne in die Nasenlöcher schien; der Verwachsene war gerade aufge-

standen und kratzte sich mit aller Kraft seiner beiden
Arme den Rücken, und der Einarmige lag auf dem
Ellenbogen und gähnte mit Wollust, so daß man
nichts von ihm sah, als seinen Schlund und die schwarzen Haare, die den Kopf umgaben wie ein Gebüsch.

– Stumm hockt sie dort, die Kröte, und schwitzt ihr
Gift aus, sagte die Färberin plötzlich und warf der
Alten einen strengen Blick zu. Was ist das für eine? Ist
sie eine Unberührte oder wer ist der, dem sie gehört?
Antworte mir! – Sie wartete die Antwort nicht ab.
Ihr Ausdruck wechselte vollkommen. Sie lächelte, und
ihre Stimme zitterte und hatte einen kindlichen
Klang. – Krank hast du mich gemacht, du Alte, sagte
sie. Ich habe gehört, es gibt welche, die können sich
vor Durst nicht zur Quelle schleppen; so steht es mit
mir. – Sie setzte sich auf einen Sack mit dürren Wurzeln. – Nicht du hast mich krank gemacht, sondern
er, sagte sie wie zu sich selber. Er hat mich um- und
umgewühlt. Er hat mich zur Frau gemacht, ohne mich
zu berühren. Ahnst du, was das bedeutet? Wer war
einstmals dein Geliebter, du Alte, und wer hat dich
belehrt? Denn sie sind nun einmal unsere Lehrer. Wer
hat dich so klug und selbstmächtig gemacht, daß ein
solcher sich von dir einführen läßt? – Sie redete weiter, ohne die Antwort abzuwarten, wie nur für sich
allein. – Ja, die beiden Arten des Errötens hat er mich
gelehrt. Ich werde ihm verfallen sein zu allen Augen-
blicken meines Lebens. – Sie lächelte und zugleich
schossen ihr die Tränen aus den Augen, versiegten
aber gleich wieder. – Er war in der Nacht bei mir, fuhr
sie fort. Nicht wirklich, du Närrin. Kann man nicht

mit offenen Augen liegen und träumen, so als ob es
Wirklichkeit wäre? Kann man nicht auf diesen Lum-
pen dort liegen und ein Bette aus Antilopenleder unter
sich fühlen und darüber eine Decke aus den zärtesten
Marderfellen, so leicht wie ein Flaum? Aber was nützt
das, es dauert die Herrlichkeit nicht lange, und es
steigt einem ein Geruch in die Nase, wie von einer
Kindesleiche, die hinterm Bett in einer Ecke läge. Das
muß abgetan werden. – Sie war aufgestanden und hatte sich von der Stelle entfernt, wo sie gesessen war.
Ihr Gesicht drückte Ekel und Furcht aus, als läge dort
wirklich etwas dergleichen. Dann horchte sie wieder
mit krankhafter Aufmerksamkeit nach außen. Ein
plötzlicher Windstoß bewegte die Schilfmatte an der
Tür und brachte ein Geräusch mit sich; es konnte die
Stimme des Färbers sein, aber auch eine fremde Stimme von drüben jenseits des Flusses. Sie riß die Matte
zur Seite und stellte sich mitten in die Tür. Der Färber
hatte das ausgetretene Gewand auf reine Bretter aus-
gebreitet und strich es aufs neue mit weißem Ton an.
Die Kaiserin half ihm dabei. Das blutig gefärbte Ab-
wasser rann aus dem umgestürzten Schaff in die Gos-
se. Die beiden arbeiteten eifrig und sahen nicht herüber. Als die Färberin sie anrief, hörten sie nicht. Die
Amme schlürfte von hinten an die Färberin heran und
berührte sie ehrerbietig am Ärmel. – Ruhe dich jetzt,
lispelte sie, und bedenke den heutigen Abend und daß
deine Haut golden sein muß und geschmeidig. – Barak, rief die Frau, gehst du heute gar nicht aus dem
Hause deine Ware austragen? – Sie legte in die einfa-
che Frage, die sie ihm zurief, schneidenden Spott und

Hohn. Der Färber gab keine Antwort; er schien nichts gehört zu haben. – Du kommst abends mit mir zum Fluß, raunte die Alte von rückwärts. Er, von dem wir wissen, ist begierig nach der Abendstunde und ein Held in der Dämmerung. – Die Frau hatte sich umgewandt. – Die kann nicht dein Kind sein, sagte sie und sah die Alte prüfend an. Sie ist ungesprenkelt. Wenige Gedanken faßt sie, aber diese wenigen leuchten auf ihrer Stirn wie Sterne. – Sie schwieg einen Augenblick. – Ich habe mir ausgedacht, daß ich sie henken lasse! rief sie und lachte dabei auf sonderbare Weise. Und wie werde ich den dort dafür strafen, daß er mein Schicksal geworden ist? Wie hat er es gewagt, sich mir so ohne Angst zu nähern und sein rundes Maul an mich zu legen! Aber das ist meine Sorge, und nicht die deine. Dies aber sage ich dir, und es ist das Entscheidende: ich werde tun, was du verlangst. Und jetzt geh und hole den Färber herein, denn ich will ihm ein Wort sagen; er ist, scheint es, schwerhörig geworden und hört nicht, wenn ich ihn rufe. – Die Alte stand schon auf der Schwelle; sie wollte hinaus und die Botschaft bestellen, aber sie verging vor Begierde zu hören, was noch aus dem Mund der Jungen kommen würde. – Hart war sein Gesicht, sagte die Färberin wieder mit dem gleichen sonderbaren unterdrückten Lachen, bei dem ihre Miene ganz starr blieb, – aber schlau und mächtig wie eines Teufels; Hoffart, Unzucht und Habgier waren darin eingeschrieben, darum paßt er zu mir. Er wußte nicht zu reden, doch wußte er zu gewinnen. – Ein Lächeln stieg tief aus dem Innern auf und erleuchtete ihr finsteres Gesicht. Sie war

schön in diesem Augenblick und von ihrem jungen
Blut durchströmt, daß sie glühte, und die Alte betrachtete sie mit Lust. – Nein, nein, rief sie plötzlich mit
leidenschaftlichem Entzücken, er ist schön, achte doch
nicht auf mich, du Närrin, er ist schön wie der Mor-
genstern, und seine Schönheit, das ist der Widerhaken
an der Angel, ich habe sie ja schon längst verschluckt
und ich schieße dahin und dorthin, und du hast die
Schnur zwischen den Fingern, das weißt du wohl! –
Sie hing am Hals der Alten ganz zart und weich, sie
ließ sich von ihr hätscheln wie ein Kind. – Nur das
Zueinanderkommen ist schwer, nur der Anfang ist das
Schwere, seufzte sie. Wie soll das gehen, o mein
Gott! – Die Amme konnte sie nicht verstehen. – Was
sorgst du dich, rief sie, wir werden Rat schaffen! – Die
Färberin schüttelte den Kopf. – Meine ich das so, altes
Weib? Ich meine es wahrlich anders, aber wie könn-
test du es verstehen? – Die Amme sah sie zwinkernd
an. – Ohne dich soll er zu mir kommen, ohne dich!
rief ihr die Junge zu. Denn ich verachte dich, das merke dir, und hasse das Niedrige in mir, das mit dir zu
tun hat. Du kennst meine Niedertracht und die seine,
und du möchtest seiner und meiner Meisterin werden,
aber daraus wird nichts! – Die Alte zwinkerte mit den
wimperlosen Augen und ihre lange, dünne Zunge bewegte sich zornig im halboffenen Mund, aber sie sagte
nichts und ging schnell in den Hof hinaus; sie fand
den Färber, der ein riesiges Stück Zeug, ein Gewebe
aus feinem Ziegenhaar, dreizehn Ellen lang und dritt-
halb Ellen breit, aus der Beize nahm, das vollgesogene
Zeug in ein Einschlagtuch tat und die triefende Last

seinem starken Rücken auflud, und die Kaiserin, die
sich wie eine Magd mit aller Kraft von unten gegen
den riesigen feuchten Klumpen stemmte, um ihm
beim Aufpacken behilflich zu sein. Die Amme wartete,
dann winkte sie, und die Kaiserin lief zu ihr hin. – Ist
sie willig, fragte sie gleich, gibt sie den Schatten dahin? – Es wird ihr nicht leicht, gab die Amme zur
Antwort. Die, welche nicht kommen sollen, kämpfen
um den Eintritt, und der mit dem breiten Maul ist ihr
Vorkämpfer, aber er ist Gott sei Dank zugleich ihr
Vernichter. – Ja, sagte die Kaiserin ohne zu hören und
sah über die Schulter auf Barak hin, der sich mühsam
und ruckweise die steile Leiter hinaufarbeitete, den
großen schweren Leib hart an die Sprossen gepreßt,
damit ihn die Last nicht hintenüberzöge. – Schaff
schnell den Schatten, sagte sie. Dieser soll seinen
Lohn haben. – Lohn? rief die Amme. Womit hätte
der Elefant sich Lohn verdient? Aber hol ihn und heiß
ihn hineingehen ins Haus, das Weib will ihm etwas
sagen. – Was willst du mit ihnen tun? – Die Amme
verzog ihr Gesicht. – Laß mich, ich habe sie im Gefühl, wie die Köchin weiß, wann das Huhn im Topf
gar ist. – Damit kehrte sie der Kaiserin den Rücken
und schlürfte ins Haus zurück. Die Kaiserin lief hin
zur Leiter und lautlos die Sprossen hinauf; sie fand
auf dem flachen Dach den Färber, der noch keuchte,
und dem der Schweiß mit blauer Farbe vermischt von
der Stirne rann, und sie wischte ihm mit ihrem Tüchlein das Gesicht ab, indessen er mit den großen Händen ganz zart die aufgehangenen Strähnen Blaugarn
auseinanderlöste, daß die Luft zu der inneren Farbe

zutrete und sich auch im Innern das schmutzige Gelb-
grün in leuchtendes Blau färbte; das Kleid des
Schlachters hing schon an der Trockenstange.

Als der Färber ins Haus trat, ging die Kaiserin hinter seiner Ferse drein und blieb an der Tür stehen.
Blitzschnell bückte sich die Färberin, nahm ein
schmutziges Klemmholz vom Boden auf und warf es
mit aller Kraft nach der Kaiserin. Aber die Feentochter drückte sich zur Seite wie ein Windhauch. Der
Färber tat die schweren Lippen auseinander und wollte etwas sagen; da schickte ihm seine Frau einen solchen Blick zu, daß er still blieb. Er bückte sich und
fing an, unter dem Gerümpel, das an der Wand lag,
herumzugreifen, als suche er nach etwas. Die Frau
schwieg noch immer. Aber ihr schönes Gesicht hatte
einen bösen und entschlossenen Ausdruck. Der Färber
richtete sich auf den Knien auf; er drehte einen alten,
hürnenen Löffel zwischen den Fingern. – Ich habe viel
geschafft seit heute früh, sagte er jetzt und sah liebevoll zu der Frau auf, und mich dürstet. Gib mir zu
trinken. – Die Frau reckte ihr Kinn; die Amme lief,
füllte einen irdenen Scherben mit Wasser und hielt
ihn dem Färber hin. Der Färber sah auf die Frau, als
wartete er auf etwas, aber als sie über ihn hinsah, wie
wenn er nicht da wäre, griff er nach dem Gefäß und
trank es mit einem Zug leer. – Was ist das? rief er
im gleichen Augenblick mit einem freudig erstaunten
Blick und sank nach rückwärts in Schlaf. Die Amme
glitt zu der Frau hinüber. – Du bist der Belästigung
ledig, flüsterte sie, denn ich habe in seinen Trunk getan, wovon ein Viertel hinreicht, um einen Elefanten

für zehn Stunden einzuschläfern. – Verfluchte, schrie die Frau, soll er mir wieder und wieder entkommen! und trat zu ihm hin und sah ihn mit gerunzelter Stirne an. – Die Amme konnte nicht begreifen. – Was hast du mit ihm noch zu schaffen? fragte sie verwundert. – Die Frau achtete ihrer nicht. Sie trat dicht an den Leib des Schlafenden heran und sah ihn von oben herab finster an. Dann seufzte sie aus der Tiefe ihrer Brust: O meine Mutter, und noch einmal: O meine Mutter! – Lange blieb sie stehen und sah ihn immer an. Wehe, sagte sie, und seufzte noch einmal, werde ich das Korn sein, wird er das Huhn sein und mich aufpicken! Werde ich das Feuer sein, wird er das Wasser sein und mich auslöschen! Denn ich bin an ihn gekettet mit eisernen Ketten. – Dann ging sie von ihm weg, aber sie kehrte wieder zu ihm zurück. Sie berührte mit ausgestreckter Fußspitze den Liegenden. – Ja, es ist recht, sagte sie leise, aber mit sehr festem Ton, die Ungewünschten abzutun, denn sie sind Mörder kraft ihrer unverschämten Begierde, hierherzukommen und den Weg durch meinen Leib zu nehmen, und dieser ist ihr Helfershelfer! Während sie es flüsterte, kam eine fürchterliche Ungeduld über sie; sie warf sich über den Liegenden und riß an ihm aus allen Kräften. – Barak, schrie sie ihm ins Ohr, du sollst mich hören, denn jetzt gilt es! – Die Amme drehte sich jäh um, sie fühlte, daß die Kaiserin hinter ihr stand; sie war hereingeglitten, mit sprachlosem Staunen sah die Amme, daß ihr Wasser aus den beiden Augen schoß, daß ihr Gesicht in Schmerz und Tränen schwamm, wie das einer sterblichen Frau. Sie nahm sie bei der

Hand und schob sie sanft gegen die Wand; die Kaiserin leistete keinen Widerstand. Die Amme öffnete mit den Fußzehen eine geflickte Holztür, die in rostigen Angeln hing. – Schweig nur jetzt, raunte sie ihr zu, und wisse: heute und in dieser Stunde wird unser Handel zu einem guten Ende kommen. – Die Kaiserin stand lautlos, von oben hingen Büschel dürrer Pflanzen und berührten sie, die enge Kammer war angefüllt mit Tiegeln und Krügen, die gegeneinander klirrten, Säcke mit getrockneten Wurzeln waren aufeinander geschichtet und raschelten, sie durfte sich nicht regen, und atmete schnell und ängstlich. – Was willst du noch von diesem? rief die Amme und riß die Färberin weg von dem Schlafenden. – Was ich will? schrie das Weib. Was will denn der da! Ha, wer bin ich und wer ist das? rief sie verachtungsvoll und reckte sich hoch auf über den liegenden Mann. Wie komme ich zu ihm und wie kommt er zu mir? Das sage mir Einer! – Sie schrie es auf des Schlafenden Gesicht hinab. Er atmete ruhig und regte sich nicht. Sie wandte sich wie vor Ekel halb ab und streckte schon den einen Arm nach hinten, wie um einem, der nicht da war, sich um Brust und Schultern zu ranken; aber ihr Gesicht haftete mit Qual an dem Gesicht des Färbers. Plötzlich bleckte sie die Zähne gegen ihn und stieß mit dem Fuß gegen seinen Leib. – Ich will nicht das da im Rücken haben! schrie sie. Wecke ihn sogleich. – Die Amme wußte sich nicht zu helfen; sie erlag der Gewalt des unbändigen Willens. Sie kniete nieder und rüttelte leise an dem Schlafenden; sie hauchte ihn dreimal an und blies ihm in den Nacken. Barak lächelte im Schlaf, seine

Lippen bewegten sich, er murmelte etwas; seine Miene war die gleiche, die er hatte, wenn er daheim zu seiner Frau, oder auf der Gasse zu fremden Kindern redete. – Höre mich, sagte die Frau, und näherte ihr Gesicht um ein weniges dem seinen, das langsam die Augen auftat mit einem fremden, leeren Blick auf sie. – Ich bin es satt, bei dir zu hausen und das Häßliche zu sehen, und ich habe einen gefunden, der sich meiner erbarmen will. Die höchste Herrlichkeit wird er mir für immer gewähren. Dafür muß ich opfern. – Die Kaiserin in der Kammer hielt sich die Ohren zu, die einzelnen Worte drangen nicht zu ihr, aber der Klang der Stimme, die ihr verhaßt war. – Wehe, sagte sie zu sich selber, die Fische tauchen bei ihrem Anblick ins Wasser, die Vögel schwingen sich in die Luft, die Rehe werfen sich ins Dickicht, und ich habe mich unter sie mischen müssen. – Ihr Herz schlug dumpf. Sie wollte nichts hören. Aber im Innersten traf sie ein Laut, ganz zart, wie eines Kindes Stimme, und doch mußte er aus des Färbers Mund gekommen sein. Sie begriff, er redete aus dem Schlaf, die Zunge war gebunden, es wurden keine Worte, nur ein ganz hoher schmeichelnder Klang. Es war unverkennbar, er redete zu Kindern, und seine gewaltigen Hände begleiteten mit zarten Gebärden seine Rede. Seine Frau sah ihm hart ins Weiße der blicklosen halboffenen Augen. – Du redest, rief sie, als hörst du mich. So höre! Abgetan sind die, mit denen du Zwiesprache hältst. Verstehst du mich? – Laß ihn, schrie die Amme, was tust du? – Die Kaiserin ertrug es nicht länger, den starken Mann so ohnmächtig zu sehen unter den Hän-

den der beiden. Sie tat die Tür auf, ihre Augen vergrößerten sich, wie ein Feuerstrom, den sie selber nicht
zügeln konnte, drang ihr Wille auf Barak. Die Alte
konnte nichts gegen ihre Herrin tun, wenn sie so vor
ihr stand, sie wich zur Seite. Ein Zucken ging durch
den Leib Baraks; er stand auf seinen mächtigen Beinen, sein Blick war ohne jedes Wissen, blöde wie eines
Toten; es riß ihn hin und her, er taumelte, als ob er
eine Binde vor den Augen hätte; in ihm kämpfte das
Zaubergift mit dem furchtbar gewaltigen Willen der
Feentochter. Das Unterste kam ihm zu oberst, in sein
Gesicht trat ein Ausdruck von Stärke und Wildheit,
die nie ein Mensch an ihm gesehen hatte, die tiefste
Kraft seiner dunklen Natur trat heraus. Mit einer
Stimme wie ein Löwe schrie er nach seinen Kindern,
so als seien sie ihm fortgekommen, die Hand griff
nach einem schweren Hammer, der in der Nähe lag,
und er schwang ihn über sich. Die Brüder stürzten zur
Tür herein, er schien niemand zu kennen, nichts zu
unterscheiden, alle hielt er für die Mörder oder Ver-
berger seiner Kinder. Das Weib hatte sich auf den
Knien halb aufgerichtet, sie zitterte am ganzen Leib,
und biß vor Angst und Verlegenheit in ihre Hände.
Der Bucklige fletschte häßlich die Zähne und drückte
sich an die Wand, der Einäugige und der Einarmige
bargen sich hinter Kufen und Fässern. Noch einmal
schrie der Färber gewaltig nach seinen Kindern. Die
Brüder schrien auf ihn ein, der vertraute Laut ihrer
häßlichen Stimmen schien ihm an die Seele zu dringen. Er ließ die Hand mit dem Hammer sinken, seine
Miene entspannte sich, sein Auge drohte nicht mehr

so furchtbar nach allen Seiten hin. Im Nu war die Amme neben ihm, sie zog ihm den Hammer aus der Hand, schmiß ihn hinter die Fässer an die Wand; wie der Wind ging ihr Mundwerk: sie beschuldigte ihn, er habe aus einer bauchigen Flasche was Fremdes getrunken, sich eine Stunde lang an der Erde gewälzt, ungereimtes Zeug getan, unflätige, wilde Reden geführt, sie rief die Brüder selbst zu Zeugen an, für das, was sie unmöglich wahrgenommen haben konnten. Das junge Weib sah ohne Atem auf sie; bald wußte sie selbst nicht mehr, was geschehen war, was nicht, sie wollte auch nichts wissen, sie meinte in ihrem eigenen Blut zu ersticken. Sie sah wieder starr auf Barak, ihre Augen waren noch voll Angst, aber ihr Ausdruck ging über in einen der Verachtung, der ihr hübsches Gesicht verzerrte. Barak stand jetzt beschämt da, die Brüder schrien auf ihn ein, mit Fragen und Vorwürfen, er bückte sich, las verschüttete Körner zusammen, alles wie halb im Schlaf. Plötzlich trat ein Entschluß in sein Gesicht. Seine Miene erhellte sich. Die Brüder sahen ihn zu ihrem äußersten Erstaunen niederknien vor seiner Frau, sie um Verzeihung bitten. Sein Ton war demütig und feierlich: er bat sie um Vergebung dafür, daß er so tölpelhaft gewesen, noch so spät zu heiraten, weil er auf langes Leben, Kinder und Reichtum gehofft hatte. Er wollte noch etwas sagen, aber es kam ihm nicht über die Lippen. Die Amme und die Frau wechselten nur einen Blick, in dem der Frau lag schon kalte Frechheit, noch zitterten ihr die Knie und doch entzog sie ihm ihr Gewand, das er angefaßt hatte, sie gab ihm keine Antwort; sie sagte zu der Amme etwas von Maultieren, die so am schwindelnden Abgrund hingingen, Schritt für Schritt, und denen es versagt sei zu erstaunen und sich zu schrecken; denen gliche dieser da, ihr Mann, und unfruchtbar seien die ja auch. Er wandte sich an alle hier, wie um alle um Verzeihung zu bitten; dann deutete er auf die Frau. – Solche Worte, sagte er, muß man verzeihen, sie erleichtern die Seele; ohne sie wäre es den Menschen zu schwer, ihre Last zu ertragen. – Die Brüder zogen die Schultern schief, ließen ihn stehen und schoben sich hinaus, um draußen über ihn zu maulen, der immer und immer wieder von dem jungen Weib nach Gefallen sich satteln und aufzäumen ließ. Er stand noch immer da, unschlüssig und beschämt. Die Kaiserin konnte ihn nicht ansehen; als das Weib ihm das Gewand aus den Händen zog, war in ihr ein Riß geschehen und etwas drang herein, wovon ihre ganze Seele zitterte. Barak wandte sich hinauszugehen. Dann drehte er sich nochmals um, drehte die kugeligen Augen gegen die Amme und die Kaiserin, zögerte, bis das Wort aus dem Mund herausging, und sagte endlich: – Ihre Zunge ist spitz, und er wiegte den Kopf gegen die Frau, und ihr Sinn ist launisch aber nicht schlimm, und ihre Reden sind gesegnet mit dem Segen der Widerruflichkeit um ihres reinen Herzens willen und ihrer Jugend, und ich bin froh, daß sie wieder gesund ist, – setzte er mit besonderem Ernst und einem unbeschreiblichen Blick des Einverständnisses auf die Beiden hinzu, – denn gestern abend war sie sehr krank – und ging langsam und mit gesenktem Kopf hinaus zu seiner Arbeit.

Die junge Frau hatte sich auf ihr Bette geworfen und ihr Gesicht vergraben. Vergeblich umschmeichelte die Amme ihre Füße. Die Junge ließ es geschehen, aber sie beachtete es nicht. – O meine Mutter, rief sie und seufzte laut auf. – O meine Mutter, sagte sie für sich, welche Kräfte hast du mir zugemutet, da du mir auferlegtest, den, welchen du mir zugeführt hast, auf immer lieben zu können! und wo hättest du dergleichen Kräfte mir mitgegeben? – Sie hauchte es leise vor sich hin, die Lippen bewegten sich, aber man hörte nichts. Plötzlich stand sie auf ihren Füßen. – Vorwärts, rief sie, es ist Zeit, daß ich kein Kind mehr bin! – Sie schien es wieder nur zu sich selber zu sagen. Sie warf ein Tuch über und ging gegen die Tür. – Wohin, meine Herrin? rief die Amme. Die Frau schien sich erst jetzt wieder zu erinnern, daß sie nicht allein war. Sie sah die Amme streng und aufmerksam an. – Es ist Zeit, sagte sie, daß ich mit meiner Mutter rede und mich losmache, denn sie hat mir auferlegt, was ich nicht länger tragen will. – Sie ging zur Tür hinaus. – Vorwärts, flüsterte die Amme, denn sie wird unser bedürfen. – Die Kaiserin drückte sich zur Seite, sie wäre gern dem Färber nachgeschlichen, aber die Amme nahm sie bei der Hand und zog sie hinter sich drein.

Die Färberin ging mit schnellen kühnen Schritten wie ein junges Pferd, das die Morgenluft einzieht, und die beiden folgten ihr in geringer Entfernung. Sie gingen über den Fluß, aber nicht in das Viertel der Hufschmiede sondern rechts hinauf, wo der Boden anstieg, eine ärmliche, enge, von Menschen erfüllte

Straße. Da wohnten die ärmsten Leute, die Kessel-
flicker, die Lumpensammler, die Fallensteller in dichten Klumpen beisammen wie die Ratten. An einer
Ecke, wo zwei solche Straßen zusammenstießen, blieb
die Färberin einen Augenblick stehen; sie sah zwischen den Wimpern in einen von Männern, Weibern
und Kindern wimmelnden Hof hinein und sagte vor
sich hin: Schmutzig ist ein kleines Kind, und sie müssen es dem Haushund darreichen, um es rein zu lek-
ken; und dennoch ist es schön wie die aufgehende
Sonne; und solche sind wir zu opfern gesonnen. – Es
war ein ganz seltsamer, fast singender Ton, in dem sie
es sagte. Sie bogen ein, gingen weiter, endlich jenseits
einen Abhang hinunter zwischen alten halbverfallenen
Mauern. Es war eine von den Schluchten, welche da
und dort die Stadt durchzogen, deren Abhang nicht
bebaut war und nur hie und da die Spuren längst ver-
fallener Wohnstätten zeigte. Unten war eine steinge-
faßte Zisterne und neben dieser ein alter Begräbnis-
platz mit ein paar Bäumen. Die Färberin ging auf das
Grab ihrer Mutter zu; sie stieg schnell über die Grab-
steine, ihr Fuß rührte den Staub nicht auf, der zwischen ihnen lag und die Tritte lautlos machte. Vor
einem kleinen Grabstein fiel sie mit ausgebreiteten
Händen auf die Knie. Sie bog die Stirn gegen den
Stein, ein gekrümmter Weidenbaum hing über ihr, sie
schien mit dem ersten Atemzug in das tiefste Gebet
hineingestürzt. Die Sonne versank hinter ihr in schweren Dunst wie in einen Trichter. Säulen von Staub
hoben sich lautlos überall zwischen den Gräbern auf
und sanken in sich zusammen wie die Säcke. Ein

Windstoß fuhr dahin; er riß das letzte Wort des Gebets von den Lippen der Färberin. Sie stand jäh auf; ihr Aufspringen war wie eines Tieres, in dessen Gebärde kein Gedächtnis wohnt von der letztverstrichenen Sekunde. Ihr Gesicht glich sich selber nicht mehr; sie war schöner als je; ihr Haar hatte sich gelöst und flog um sie. – Was siehst du mich so an? rief sie der Amme zu, die mit Entzücken auf sie sah. Jetzt habe ich ein Joch abgeworfen und mich ausgedreht aus einem alten Gesetz! – Sie ging schnell den Abhang hinauf; die Amme lief hinter ihr drein. – Es muß nicht beim Wasser, es kann auch beim Feuer geschehen, nicht wahr? rief die Junge ihr über die Schulter zu, so war deine Rede, meine Lehrerin! die habe ich mir zu Herzen genommen. – Der Wind kam den dreien nach, und riß an ihren Gewändern; er wirbelte den Staub auf. Es war dunkel mitten am Tag, als wollte es augenblicklich Nacht werden. Vögel hasteten zwischen den Häusern hin, Menschen liefen in einem braunroten Dunst an ihnen vorbei, von oben legte sich Finsternis auf alles. Als sie an die Brücke kamen, fing die Färberin mit eins an, langsamer zu gehen. Sie blieb stehen, tat wieder ein paar Schritte. Sie taumelte, als hätte sie einen Schlag empfangen, und fuhr mit der einen Hand zu ihrem Kopf, gegen das Ohr hin. Sie kam dabei dicht vor einen Wagen. Der oben saß, riß die Zugtiere zurück. Von den Vorübergehenden blieben etliche stehen trotz ihrer Hast. – Was ist es, das dich anficht? rief die Amme und sprang zu ihr. Das junge Weib lag ihr gleich im Arm, eisig kalt. – Die Stimme! sagte sie klagend. Meiner Mutter Stimme! sie ist an meinem

Ohr. Hörst du sie nicht? – Was sagt sie? fragt die
Alte. – Barak! stöhnte die Färberin. Nach ihm ruft sie.
Sie sagt, er solle mich binden. Sie will meine Hände
halten, damit er mich töten kann. Sie will nicht, daß
ich lebe, um zu tun, was ich zu tun beschlossen habe. –
Ihr Gesicht war ganz grau, die Augen bläulich unterlaufen. Die Alte faßte nach ihren Händen, die glühend
heiß waren; plötzlich riß sich die Junge los, sie stürmte
davon, zwischen den Leuten durch, die Alte hinter ihr
her. Als die Kaiserin sie einholte, in einer Gasse neben
dem Flußufer, lag das junge Weib auf der Erde, den
Rücken an eine Mauer gestützt, und atmete flach und
schnell; die Alte kauerte bei ihr. Etliche waren stehen geblieben und sahen auf die Liegende hin: ein
paar alte Gevatterinnen, ein Eseltreiber und ein alter
Mann. Die Kaiserin trat mitten unter die Menschen;
der Eseltreiber schob sie halb zur Seite und lehnte
sich auf sie, sie bemerkte es nicht. Die Amme zischte:
Hinweg mit euch! und deckte ihren dunklen Mantel
über die Liegende. Die Leute gingen weiter, nur ein
Kind stand noch da. Trinken! flüsterte die Färberin.
Die Amme winkte und das Kind hielt eine hölzerne
Schale hin, die angefüllt war; es war, als hätte es sie
aus der Luft genommen. Von der Schale schwebte ein
zarter und beklemmender Duft, ganz wie jener, der
vor dem Kommen des Efrits den Raum erfüllt hatte.
Die Färberin bog ihren Kopf der Schale entgegen,
welche die Alte ihr hinhielt. Das Kind war nicht mehr
da. – Trink dieses, sagte die Alte, und wisse: deine
Mutter ist eine Doppelzüngige in ihrem Grabe und
eine Spielverderberin, und ihre Worte müssen dahin-

geblasen werden, denn es sind die Ungewünschten, die aus ihrem Munde sprechen. – Das Gesicht der Färberin veränderte sich, sowie sie getrunken hatte: eine jähe Glut stieg ihr in die Wangen, ihre Augen wurden schwimmend wie bei einer Trunkenen. Sie stand auf ihren Füßen, in ganz sonderbarer Weise schlug sie ihren Arm um den Nacken der Alten, und sie wandten ihre Schritte wieder der Brücke zu. Die Kaiserin hielt sich dicht an ihnen; aber sie redeten eifrig miteinander, immer nach des anderen Seite hin, und sie konnte nichts verstehen. Als sie dem Färberhaus ganz nahe waren, sprangen ihnen aus dem Dunkel die Brüder entgegen, rissen das junge Weib von den zwei Begleiterinnen weg und schrien auf sie ein mit verzerrten Gesichtern. – Er verlangt von uns seine hinweggebrachten Kinder! schrien sie, wo hast du sie? Was hast du ihnen getan? – Er mißhandelt und würgt uns um deinetwillen, du Verfluchte, uns, die wir eure Heimlichkeiten nicht kennen und von deinen Verbrechen nichts wissen! – Die Färberin runzelte nur die Stirne; sie würdigte die Schwäger keiner Entgegnung. – Was hast du ihm in den Trunk getan, du Hexe, schrie der Mittlere und stieß mit dem einen langen Arm die Alte vor die Brust, – er schaut auf uns und sieht uns nicht, aber sieht ihrer sieben, die nicht da sind, an seinem Tisch sitzen und begrüßt sie als seine Gäste. – Die Frau machte sich los. – Jetzt werden wir sehen, ob meine Reden noch widerruflich sind! sagte sie und trat über die Schwelle. In der Herdasche hockte der Färber. Sein Gerät lag in Unordnung vor ihm; alle seine Spachteln und Schaufeln, hölzerne, zinnerne

und hürnene Löffel, groß und klein, als hätten Kinder
alles im Spiel herumgestreut. Er drückte mit den großen Händen Malvenblätter sorgfältig in das schmutzige Farbwasser, das auf der Erde stand; das eine Bein
hatte er mitten in einer scharlachroten Pfütze liegen.
Die Frau blieb vor ihm stehen; er achtete nicht auf sie.
Er sprach zu Kindern, die nicht da waren. – Fleißige
Kinder, sagte er, reinliche kleine Hände, sagte er, und
nickte gütig. Er zeigte ihnen, wie man arbeiten müsse. – Wir nehmen die Farben aus den Blumen heraus
und heften sie auf die Tücher, so auch aus den Wür-
mern, und von den Brüsten der Vögel dort, wo ihre
Federn leuchtend und unbedeckt sind. – Er sprach es
langsam, belehrend, in einem unbeschreiblich glücklichen Ton. Die Frau rief ihn an. – Barak! Er horchte
auf, aber nicht genau nach der Richtung, von der der
Name kam, sondern mehr nach oben und seitwärts.
Trotzdem stand er auf und ging auf sie zu. Das Heran-
schwanken seines mächtigen gleichsam von keinem
Geiste gelenkten Körpers in dem nächtlichen Raum
war so furchteinflößend, daß sie unwillkürlich einen
Schritt zurück trat. Aber sie nahm sich zusammen und
ihr blasses Gesicht blieb fest und mutig. – Barak, hörst
du mich, rief sie ihm hart entgegen. – Sprich zu uns,
unser Wohltäter, rief der Einäugige. – Sie hat dich
vergiftet, o unser Bruder, schrie der Bucklige in Wut
und Schmerz, – und du wirst die Deinigen nicht mehr
erkennen können. – Barak, schweige diese, sagte die
Frau, daß sie nicht mehr heulen wie die Hunde. Denn
ich habe dir etwas zu sagen. Ich höre, du redest mit
denen, von denen du vermeinst, daß sie noch kom-

men werden. So wisse denn und erfahre endlich: diese sind dahingegeben, denn sie wollten mir einen üblen Streich spielen, und dafür verdienen sie, was ihnen widerfahren wird. – Barak trat dicht auf sie zu; seine Augen hatten sich mit Blut unterlaufen und sie standen jetzt nicht hervor, sondern lagen tief in den Höhlen, und ihr Ausdruck war furchtbar. Siehe, sagte die Frau, ich sehe, du verstehst: warum redest du nicht? Es ist das letzte Mal, daß wir beide unseren Atem austauschen. – Zündet ein Feuer an, sagte Barak. Seine Stimme war unerkennbar, so als ob ein fremdes Wesen aus ihm heraus redete, aber die Brüder hingen mit den Augen an ihm, sie sahen, daß es sein Mund war, der sich bewegte. Der Verwachsene warf sich schnell zur Erde und blies in die Herdasche, ein Feuer schlug auf und die Frau stand gleich im vollen Feuerglanz, der an ihr auf- und ablief, und war schön und böse über die Maßen. Sie tat den Mund auf, und wie die Lippen sich bewegten, verachtungsvoll und doch nachdrücklich, unter den hochmütig gesenkten Wimpern, glich ihr Gesicht einer unnahbaren Festung. – Du hast ein Feuer anmachen lassen, so siehst du mich denn und erblickst noch einmal, was du bald nicht mehr erblikken wirst. Doch du sollst auch begreifen, denn ich will nicht, daß du verlacht werdest, wie einer, der tölpisch ist, und dem man sein Bett unter dem Leib stehlen kann. – Der Färber stand im Dunkeln und regte sich nicht; nur seinen Oberleib lehnte er jetzt ein wenig vor, dabei wurden seine Zähne sichtbar und seine rotglühenden Augen. Die Frau senkte nur die Wimpern noch tiefer, und sprach fort mit einer Stimme, die klang wie eine zum Reißen gespannte Saite: – Siehe, ich bin schön, und das ist nicht für deinesgleichen, und darum hast du den Knoten meines Herzens nicht lösen können. Meine Schönheit hat einen Anderen gerufen, denn sie ist ein mächtiger Zauber – ihre Stimme wollte umschlagen, aber die wilde Entschlossenheit ihres Herzens zwang sie, weiter zu sprechen – darum habe ich einen Vertrag geschlossen und gebe meinen Schatten dahin und die Ungewünschten mit ihm; und ein Preis ist ausbedungen, und ich nenne ihn dir: es ist die Zartheit der Wangen auf immer, und die unverwelklichen Brüste, vor denen sie zittern, die da kommen sollen, mich zu begrüßen – und Einer ist ihr erster: diesem gehöre ich von nun ab. – Sie warf den Kopf in den Nacken und schwieg. Ein kurzer Lärm drang aus Baraks Brust; er glich kaum einem menschlichen Laut, aber er bezeugte für alle, daß er die Rede der Frau begriffen hatte. – Schnell, rief die Amme und tat einen Griff in die Luft: sie hielt in der schwarzen Klaue der Frau sieben Fischlein hin: sie waren mit den Kiemen aufgereiht an einer Weidenrute, wie Schlüssel an einem Ring. – Wirf sie über dich ins Feuer und dann fort mit uns, denn es ist die höchste Zeit!

Die Färberin biß die Lippen aufeinander und griff nach den Fischen. – Dahin mit euch und wohnet bei meinem Schatten! flüsterte die Alte ihr ein. Aber Barak tat jetzt einen Schritt auf die Frau zu und die Frau wich zurück; ihre Lippen bewegten sich, und sie murmelte die Worte, aber es war, als wüßte sie es nicht; sie hob die Hand mit den Fischen über die Schulter und warf, aber wie im Schlaf; sie tat das Bedungene, aber so als täte sie es nicht: ihre Augen hefteten auf dem Färber und ihre Lippen verzogen sich wie eines Kindes, das schreien will. – O meine Mutter! rief sie, ihre Stimme klang dünn wie die Stimme eines fünfjährigen Kindes. Sie tat ein paar unschlüssige Schritte, nirgend sah sie Hilfe und sie preßte den Mund zusammen und blieb stehen. Der Färber war schon hinter ihr; in der Angst riß sie sich zusammen und wie ein Pfeil schoß sie zur Tür hinaus. Er wollte ihr nach, von hinten hängten sich die Brüder an ihn; sie schrien, er dürfe nicht zum Mörder werden! Er schüttelte sie ab, die Brüder taumelten auf die Amme, die neben dem Feuer kauernd mit beiden Händen nach den Fischen haschte. – Hinweg mit euch, ihr Widerspenstigen! schrie sie und warf sie ins Feuer. Der Einäugige und der Einarmige traten nach der Hexe, sie hatten jeder ein brennendes Scheit aus dem Feuer gerissen und stürzten dem Bruder nach, die Amme, als sie die Fischlein in der Flamme verzucken sah, stürzte hinter ihnen drein. Draußen wehte ein Sturm, als wären alle Elemente losgelassen. Die Finsternis brüllte und wälzte sich heran, in dem undurchdringlichen Dunkel wehten dicke Staubwolken dahin, von dem halbabgedeckten Schuppen stürzten die Ziegel, und zugleich schlug der Fluß mit Gischt übers Ufer und riß an der Schwemmbrücke, daß sie ächzte und die eisernen Ketten, an denen sie überm Wasser hing, einen Laut gaben, als ob sie reißen wollten.

Der Sturm jagte den zwei Brüdern die Funken ins Gesicht und blies die Feuerbrände nieder, daß sie nur mehr glimmende Stummeln in den Händen trugen;

sie stolperten von der Schwelle hinab und schrien ins Ungewisse nach dem Färber. Die Amme sah das Weib an der Wand des Schuppens stehen und die Kaiserin ganz nahe vor ihr, regungslos wie ein Standbild. Der Färber stand auf zehn Schritte von seinem Weib, er hatte das Gesicht ihr zugekehrt, er mußte trotz der Finsternis sie sehen oder ahnen, wo sie stand. Der Verwachsene war dicht bei ihm. – Feuerbrände heraus! schrie der Färber mit einer Stimme, die den Sturm und das Stampfen der Waschbrücke und alles Ächzen des Schuppens übertönte, und er wies mit ausgerecktem Arm auf seine Frau: denn der Feuerschein, der durch die offene Tür aus dem Haus fiel, zeigte sie ihm, und sie krümmte sich vor Angst.

Die Amme glitt näher hin; nichts sah sie lieber, als wie Menschen einander Gewalt antaten. – Wir haben ein Recht erworben und machen einen Anspruch geltend! murmelte sie in sich hinein. – Den großen Schwemmkorb her! schrie der Färber. Der Verwachsene warf sich auf die Brücke und machte den Schwemmkorb los, der an einer Kette im Wasser hing; dabei schlug das Wasser dreimal über ihn hin und spülte ihn fast hinweg. Der Färber bückte sich; in dem flackernden Schein, der aus der Haustür fiel, konnte man sehen, wie er tastend mit den Händen nach dem großen Malmstein suchte, der wenige Schritte seitlich auf der Erde lag. Er hob ihn auf und ließ ihn in den Schwemmkorb fallen; der Korb war flach und groß genug, daß man einen Menschen hineinzwängen konnte; als der schwere Stein hineinfiel, spritzte es hoch auf. Der Buckel lief jetzt aus dem Haus heraus,

er hatte brennende Scheiter in einen Topf getan: ein
grelles Licht fiel über alle hin. – Einen Strick her! rief
der Färber. Die Brüder verstanden, was er vorhatte,
und sie warfen sich auf die Knie. – Kein Blut auf deine
Hände, mein Bruder! riefen sie wie mit einem Munde. – Sie sahen, wie der Färber auf die Frau losging,
und sie drehten ihre Gesichter zur Seite. – Flieh!
schrien sie auf die Färberin hin und wirbelten ihre
langen Arme drohend wie gegen ein Tier. Hinweg mit
dir und einer Hündin Geschick über dich. – Sie bückten sich nach Steinen, der Bucklige wollte ein brennendes Holz nach ihr werfen, dabei stolperte er und
der Topf mit dem Feuer fiel ihm aus der Hand in ein
Schaff, das umgestürzt da lag, und alle standen im
Dunkel, daß sie nicht die Hand vor den Augen sahen.
Die Amme allein, deren Augen, wie eines Nachtvo-
gels, jede Finsternis durchdrangen, sah, wie das Weib
in diesem Augenblick sich von den Knien aufhob, ihr
Gewand schürzte und blitzschnell zwischen den Brüdern durchlief, gerade auf den Färber zu. Die Amme
sprang näher: ihr war, als sähe sie, wie der Schatten
der Färberin am Boden hinzuckte, sich mit anderen
Schatten zu gesellen und ihr zu entkommen; da und
dort flatterten Fetzen von gefärbtem Zeug, die sich
von der Trockenstatt losgerissen und irgendwo festge-
klemmt hatten, die plumpen Schatten der Tröge und
Kufen mitten in der schwankenden Finsternis sprangen auf und duckten sich wieder. Dabei fuhr ihr durch
den Sinn, daß sie für einen Augenblick die Kaiserin
aus den Augen gelassen hatte. Sie sah sich um: der
Platz, wo die Kaiserin gestanden hatte, war leer. Zu

des Färbers Füßen lag eine weibliche Gestalt hinge-
streckt an der Erde, sie hatte das Gesicht an den Bo-
den gedrückt, mit unsäglicher Demut reckte sie den
Arm aus, ohne ihr Gesicht zu heben, bis sie mit der
Hand die Füße des Färbers erreichte, und umfaßte sie.
Der Färber schien sie nicht zu beachten. Ein schweres
Zucken hob in regelmäßigen Abständen seinen großen
schweren Leib. Jetzt schob sich die Liegende auf den
Händen näher heran und ihr Kinn drückte sich auf die
Füße des Färbers. Ihre Lippen murmelten ein Wort,
das niemand hörte. Dann lag sie in dieser Stellung wie
tot. Die Amme spähte hin, sie sah, wie das Weib, das
da lag, keinen Schatten warf, als nun der Feuertopf
aufflammte und das Schaff dazu, das Feuer gefangen
hatte. Sie glaubte sich betrogen um den Schatten, vor
Wut und Staunen ging ihr die Zunge im zahnlosen
Mund nach links und rechts, sie wollte losspringen auf
das liegende Weib, da spürte sie sich zur Seite, halb
hinter ihr, ein Lebendes und sah die Färberin dastehen, die ihrem Mann die beiden Hände entgegen-
streckte, und sie sah zugleich, daß die Liegende die
Kaiserin war, und erschrak so sehr, daß sie hinter sich
treten mußte. Die Miene der Färberin hatte eine wunderbare und dabei unschuldige Schönheit angenom-
men; die ungeheure Angst verzerrte sie nicht, sondern
verklärte sie. Der Färber tat einen halben Schritt auf
sie zu, noch mit stierem Blick, wie einer, der halb
träumt; dabei stieß er im Wegtreten mit dem Fuß an
den Kopf der vor ihm Liegenden, aber er bemerkte
es nicht. Die Fackel lohte stärker auf, und das junge
todbereite Gesicht vor ihm leuchtete ihm entgegen,

so plötzlich und so nahe, daß er zurückfuhr. Etwas ging in seinem Gesicht vor, das niemand sehen konnte; es war, als würde innerlich eine Binde von seinen Augen gerissen, seine und seines Weibes Blicke trafen sich für die Dauer eines Blitzes und verschlangen sich ineinander, wie sie sich nie verschlungen hatten. Er sah, was alle Umarmungen seiner ehelichen Nächte, deren er siebenhundert mit seiner Frau verbracht hatte, ihm nicht gezeigt hatten; denn sie waren dumpf gewesen und ohne Auge. Er sah das Weib und die Jungfrau in einem, die mit Händen nicht zu greifen war und in allen Umschlingungen unberührt blieb, und die Herrlichkeit und Unbegreiflichkeit des Anblicks schlug gegen seine Brust; er zog die Luft ein durch die Nüstern seiner breiten Nase wie ein Tier, das vor Schrecken stutzt, und seine riesigen erhobenen Fäuste zitterten. Das undurchdringliche Geheimnis des Anblicks reinigte ihn wie ein Blitz von der Schwere seines Blutes; in der Größe seines gewaltigen Leibes glich er einem Kinde, dem das Weinen nahe ist.

Sie sah seinen mächtigen Leib vor sich und die gewaltigen Kräfte, die in ihn eingesperrt waren und aus den Augen, aus dem Mund und den beweglichen Gliedern hervorbrechen wollten, und weil sie dieses eine Mal nicht begehrend auf sie einstürmten wie ein Bergsturz, so war sie entzaubert und sah ihn mit einem durchdringenden Blick: seine Gewalt war ihr wie eines Löwen und seine Ohnmacht wie eines Kindes: sie erschrak über den ungeheuren Zwiespalt mit einem süßen Schrecken und öffnete sich ganz, diese Zweiheit in sich zu vereinen; ihre Knie gaben nach in jungfräulichem Schreck und ihr Herz umfaßte den Gewaltigen mit mütterlicher Zartheit. Ihr Mund hing voller ungeküßter Küsse, perlend, und aus ihren Augen brachen wie Feuerketten die Beseligungen, die sie zu empfangen und zu geben fähig war. Sie gab sich ihm hin in dieser Sekunde, wie sie sich nie gegeben hatte, in einer Umarmung ohne Umschlingungen und einem Kusse, in dem die Lippen sich weder berührten noch trennten.

In diesem Augenblick waren sie wahrhaft Mann und Frau, und in diesem Augenblick, dem Bann gehorchend und in Gehorsam verbunden den ausgesprochenen Worten und den dahingegebenen Fischlein, deren letztes in diesem Augenblick zu glühender Asche verbrannt war, löste sich der Schatten vom Rücken der Färberin und huschte schneller als ein Vogel über die Erde hin aufs Wasser zu: denn das Fließende wie das Lodernde zog ihn an und er suchte sich zu retten vor greifenden Händen und vor fremder Dienstbarkeit. – Her zu mir! schrie die Amme und beugte sich vom Ufer übers Wasser, ihn in ihren Klauen zu fassen. – Heran und ergreife, was dein ist! schrie sie ohne Atem über die Schulter auf die Kaiserin hin. Im gleichen Augenblick schrien die drei Brüder hinter ihr wie aus einer Kehle einen Schrei des äußersten Erstaunens und Entsetzens: vor ihren sehenden Augen waren der Färber und die Färberin verschwunden. Von drüben bewegte sich ein Schein quer den Fluß herüber: die Amme riß die Augen auf und, ohne daß ihre Lider sich einmal bewegt hätten, starrte sie auf die Erscheinung: ihr Haar sträubte sich und jede Nerve an ihr

spannte: es war der Geisterbote, der so unerwartet
über das Wasser hergeglitten kam, und die Oberfläche
des Flusses, die plötzlich still dalag, spiegelte den Harnisch aus blauen Schuppen. Sein funkelndes Auge
schien sie zu suchen, starr erwartete sie seine Annähe-
rung. Sein Mantel schleifte hinter ihm drein, jetzt hob
er sich höher übers Wasser und streifte im Bogen an
ihr vorbei; an seinen wehenden Mantel hing sich der
Schatten der Färberin, und ohne ihr auch nur einen
Blick zu geben, glitten sie fort. – Auf du! und hinter
ihm her! schrie sie und war in drei Sprüngen bei der
Kaiserin, denn es gilt, daß wir erlangen, was wir zu
Recht erworben haben! – Die Kaiserin lag da wie eine
Leiche, aber als sie ihr sanft den Kopf aufhob, sah sie,
daß die Augen offen waren. Sie bettete sie in ihren
Schoß, sie redete zu ihr. Nun richtete sich der Blick,
der gräßlich ins Leere ging, auf sie, sie schien die Alte
zu erkennen, aber ein Grauen malte sich in ihrem Gesicht und sie schloß wieder die Augen. Unerträglich
war es der Amme, das Gesicht zu sehen, das nun völlig
dem Gesicht einer irdischen Frau glich. Sie hob die
Willenlose vom Boden auf, der Kopf hing ihr übern
Arm nach abwärts, sie schlug ihren dunklen Mantel
um sie beide, drückte ihr Pflegekind mit beiden Armen an sich, und sie fuhren durch die Finsternis dahin. Die Amme wußte wohl, welchen Weg sie nun zu
nehmen hatte.

Auf dem Fluß, den die Mondberge mit steilen glatten
Klippen einengten, und der trotzdem ohne Wirbel ru-

hig, wenn auch sehr schnell, dahinfloß, fuhr ein Kahn gegen das Innere des Gebirges; denn so ging hier der Zug des Wassers. Er fand seinen Weg ohne Steuer, die Amme, die am hintern Ende auf dem Boden saß, schien ihn mit dem aufmerksamen Blick zu lenken, den sie über das Vorderteil hin, immer einen Pfeil-schuß voraus, auf das schnelle Wasser gerichtet hielt; zu ihren Füßen lag die Kaiserin und schlief.

Allmählich traten die Klippen zurück, hohe Bäume standen links und rechts am Ufer, alle schön, von ver-schiedener Art, durcheinander wie in einer Au; hinter ihnen stiegen die schwarzen glänzenden Felsen em-por, aus deren finsterer mächtiger Masse der ganze Bereich von Keikobads verborgener Residenz aufge-baut war. Zwischen den Bäumen sah sie mehrere von den Boten sich bewegen, deren allmonatliches Kom-men sie ihrem Pflegekind immer sorgsam verheim-licht hatte. Mit Unlust erkannte sie den Alten, dessen weiße Gestalt gleich nach dem Verstreichen des ersten Monats nachts auf der Treppe zum blauen Palast aus der Wand herausgetreten war und sie mit seinen leuchtenden und strengen Blicken so erschreckt hatte. Auch den Fischer sah sie in der Ferne gehen; er trug wie damals eine Art von kurzem Mantel, aus Binsen geflochten, und in Händen seine Netze, an denen das Wasser glänzte, das rotgelbe Haar aber hinten hinauf-gebunden wie eine Frau. Aber keiner kümmerte sich um den Kahn und die Ankömmlinge. So blieb die Amme ganz ruhig; mit ihrem Willen hatte sich der Mantel, in den gewickelt sie beide durch die Luft flo-gen, im Bereich der Mondberge, am Ufer des Flusses niedergelassen, der sie quer durchschnitt und zu dem kein sterblicher Mensch ungewiesen den Weg fand; ohne ihr Zutun hatte er sich sogleich in einen Kahn verwandelt, groß genug, sie und die Regungslose aufzunehmen, jetzt trug er sie dorthin, wohin sie mit ihrer Herrin zurückzukehren sich so sehnlich wünschte. Sie fühlte Keikobads Gebot über dem allen, so mußte er ihnen nicht mehr unerbittlich zürnen; sie war sich bewußt, ihrer Herrin aufs Wort gedient und den Menschen, die ihr abscheulich waren, einen Streich gespielt zu haben, der ganze Handel erschien ihr in gutem Licht: sie war zufrieden und einer Belohnung gewärtig. Sie wunderte sich nur, den im blauen Harnisch nicht zu sehen: ihm gedachte sie entgegenzutreten und ihn zu beschämen; denn sie fühlte das Geisterrecht auf ihrer Seite. Nur den letzten Blick konnte sie nicht vergessen, den ihr die Kaiserin gegeben hatte, als sie sie dort an der Mauer des Färberhauses vom finsteren Erdboden aufhob. Der Blick war ihr gräßlich in seiner Mischung von verzweifelter Angst und düsterem Vorwurf, dessen Sinn sie nicht begreifen konnte. Daß sie sie hatte vor den Füßen eines Menschen liegen sehen, war ihr, als ob es nie gewesen wäre. Sie neigte sich über Bord und wusch sich, mit beiden Händen schöpfend, Augen und Wangen mit dem dunklen reinen Wasser; noch rieb sie ihren Hals und Nacken von der zauberischen Schminke, die keine Spur auf den Händen zurückließ; da fühlte sie, daß der Kahn seine Richtung änderte, so als würde er von dem einen Ufer her an einem Tau gezogen. Kaum hatte sie sich umgewandt, so sah sie den im blauen Harnisch auf einem glatten Uferstein dastehen; er schien den Kahn erwartet zu haben, jetzt trat er zurück zwischen die Bäume. Sie sah ihn nur mehr im Rücken; das blauschwarze Haar trug er aufgeflochten im Nacken hängend, der Mantel war kurz über dem Harnisch gerafft; trotz seiner gedrungenen Gestalt nahm er sich schön und gebietend aus. Indem sie ihm nachspähte, war er auch schon zwischen den Stämmen verschwunden. Zugleich aber hatte der Kahn sich sanft dem Ufer angelegt, und schon hatte die Kaiserin den Schlaf abgeworfen und war leicht wie ein Vogel auf die feste Erde hinübergestiegen. Das graue Obergewand, in das sie sich für die Menschen verhüllt hatte, war abgefallen und blieb im Kahn zurück, nur ein leichtes schneeweißes Gewand trug sie um die Glieder fest gewickelt, man hätte es unter dem grauen Überwurf nie geahnt. Sie erkannte mit einem Blick die Gegend; als eine junge Schlange war sie hier oft gewesen, auch als Vogel hatte sie sich über diesen Büschen und dem Wasser gewiegt. Aber nichts von dem allen drang jetzt in sie hinein. Ihre Miene veränderte sich gleich, ihre strahlenden Augen wurden dunkel und zornig. – Wo bin ich? rief sie, und trat oberhalb hart an den Kahn heran. Wo hast du mich hingebracht, während ich schlief und nichts von mir wußte! Wo ist der Mann? wo ist das Weib? Auf, und zurück vor ihre Füße, daß ich ihnen genugtue! – Vor Staunen über diese Rede verwandelte sich das Gesicht der Amme. Nichts von dem, was die Kaiserin bewegte, konnte sie begreifen. Als sie ihr Gesicht wusch, hatte sie auch die letzte Erinnerung an die zwei Menschen und ihr armseliges Haus

weggewaschen; sie hatte völlig vergessen, wie der Färber und die Färberin aussahen. – Wer sind die, von
denen du redest, rief sie von unten hinauf, wo wären
sie des Atems wert, den du an sie verschwendest! –
Dabei wandte sie den Kopf ab. Sie hatte bemerkt, wie
jetzt am jenseitigen Ufer der Fischer zwischen den Büschen hervortrat. Nicht gern fühlte sie seinen Blick
auf dem Kahn und auf ihr selber. Es war ihr unverges-
sen, wie rauh er sie behandelt hatte, als er am Ende
des siebenten Monats ausgesandt war, zu erkunden, ob
das Geisterkind schon einen Schatten werfe. Immer
war sie seitdem gewärtig, daß er, wie damals, als sie
am Rand des Teiches hinter dem blauen Palast dahin-
ging, von hinten an sie heranträte, ihr das Netz über-
würfe und sie zu sich in das Wasser risse. Aber der
Zorn ihrer Herrin hatte mehr Kraft über sie als die
Besorgnis vor dem Boten. Nie hätte sie fassen können,
daß diese, die unnahbar über ihr stand und vor Zorn
bebte wie eine in weißen Rauch gehüllte Flamme, auf
dunkler feuchter Erde vor den Füßen eines Menschen
gelegen hatte. – Auf und du voran, rief die Kaiserin,
und daß du sie mir wiederfindest, und wären sie von
Geistern verschleppt und auf tausend Meilen von ihrem Hause. Denn wir sind Diebe und Mörder an ihnen geworden und alles Blut aus unseren Adern ist zu
wenig, um gut zu machen, was wir an ihnen getan
haben. – Die Amme duckte sich zur Seite und hielt
den Blick ihrer Herrin nicht aus, und ihr war, als würde die Kaiserin von oben auf sie niederstoßen wie ein
Vogel und mit den Fersen ihrer leuchtenden Füße auf
sie treten, so furchtbar war der Zorn in ihren Mienen.

Aus dem Winkel ihres Auges spähte sie aber gleichzei-
tig über den Rand des Kahnes: da sah sie, wie drüben
der Fischer hart ans Ufer getreten war, daß das Wasser
sich an seinen Füßen staute, wie er gebieterisch den
Arm ausreckte und ihr zuwinkte, ihn mit dem Kahn
überzuholen. Schon fühlte sie, daß der Kahn von selber dem Wink gehorchte und sich vom Ufer losmach-
te. – Heran zu mir! schrie sie der Kaiserin zu, denn
sie begriff sofort, daß man sie von ihrem Pflegekinde
trennen wollte. Aber die Kaiserin gab keine Antwort.
Sie hatte die beiden Arme über die Brust gedrückt
und hielt den Kopf nach oben, aber mit geschlossenen
Augen. Die Amme umklammerte eine Baumwurzel
des Ufers, es war zu spät, der Kahn riß sie hinüber.
Schon war der Fischer hineingesprungen, er warf seine Netze ab und stieß die Alte, daß sie auf die Netze
hinfiel; mitten im Fluß lenkte er den Kahn nach abwärts, knirschend sah sie hohe Felsen vortreten, wie
ein Tor zu beiden Seiten, der Kahn glitt zwischen ihnen durch, die Kaiserin war ihren Augen entschwun-
den. Auf den nassen Netzen kauernd überlegte die
Alte, wie sie wieder in den Besitz des Kahnes kommen,
ihn zurückverwandeln könnte in den Mantel, den sie
jetzt nötiger brauchte als je. Der Fischer kümmerte
sich nicht um sie; er streifte die Ärmel auf, griff tief
ins Wasser und hob einen weidenen Korb heraus von
länglicher Gestalt, wie ein großes Futteral; kein Trop-
fen Wasser hing an dem Korb, es war, als hätte er ihn
von oben aus der glänzenden Luft geholt. Indessen
war der Kahn langsamer geworden, er glitt an ein sanft
abfallendes Ufer hin, zwischen Weiden und Erlen

blieb er stehen. Der Fischer nahm den Korb untern Arm, warf die Netze über die Schulter und stieg ans Land. Er schlug einen Pfad ein, der zwischen den Erlen landeinwärts führte. Schnell dachte sie den Kahn vom Ufer zu lösen, aber zu ihrer Enttäuschung hatte der Fischer den Strick um den Stumpf einer alten Weide geschlungen und in einen Knoten geschürzt, den zu lösen ihr unmöglich war; sie begriff nicht, wie er dies so blitzschnell unterm Aussteigen vollbracht hatte. Zornig seufzend zog sie das Gewand der Kaiserin an sich und schlich dem Fischer nach; denn sie wußte, daß der Fluß sich durch die Mondberge hinkrümmte wie ein S, sie kannte weiter oben eine schmale gefährliche Stelle, wo sie sich an einem überhängenden Baum zu einer Klippe hinüberschwingen konnte, und sie hoffte, querüber durchs Gebirge zu dieser Stelle zu gelangen. Sie war auf dem ansteigenden Fußpfad noch nicht weit gegangen, so sah sie zwischen Birken und Haselbüschen die Hütte des Fischers liegen, von der ein bläulicher Rauch aufstieg. Sie schlich an das hintere Fenster und blickte hinein. In einer Ecke der einzigen halbdunklen Kammer lag auf einer Schilfstreu eine zartgliedrige junge Frauensperson in unruhigem Schlaf. Zu ihren Füßen kniete die Frau des Fischers, grauhaarig aber mit einem noch leidlich jungen Gesicht, so daß sie im Alter zu ihrem Gatten ganz wohl zu passen schien. Sie betrachtete mit der größten Aufmerksamkeit die Hände der Schlafenden, die sich ineinanderrangen und voneinander lösten wie in einem heftigen bedrückenden Traum. Die Amme kannte dieses Weib lebenslang; aber sie hatte sie nie leiden mögen. Die Fischerin war neugierig über die Maßen und vermochte nichts für sich zu behalten. Mut und Willenskraft besaß sie wenig; aber sie konnte sehen, was durch eine Wand, einen Deckel oder einen Vorhang verhüllt war, und sie verstand es, an allerlei Zeichen etwas abzulesen, und konnte aus leisen Spuren vieles erraten, was andern verborgen blieb. Abgeschlossen von den Menschen, wie sie lebte, war sie voll Freude, daß man die junge Frau ihrer Obhut anvertraut hatte. Jetzt als die Schlafende beim Eintreten des Fischers den Kopf bewegte, erkannte die Amme in ihr das Weib des Färbers, das sie nie wieder mit Augen zu sehen verhofft hatte, und ihr entfuhr ein zorniger Laut der Überraschung, den sie aber halb noch in der Kehle erstickte. Die Fischerin hatte tausend Fragen auf den Lippen. – Warum hast du mir nicht gesagt, rief sie dem Eintretenden entgegen, daß es unter den sterblichen Menschen solche gibt, die keinen Schatten werfen, auch wenn, wie es vor einer Stunde der Fall war, die volle Sonne schräg zum Fenster hereinfällt! Und was hat diese begangen, daß sie sich so fürchtet! Dabei ist sie eine Kühne und Ungebändigte, das seh ich an ihren Händen, und eine Träumerin, und ihr Herz ist rein, aber der Spielball ihrer Begierden und ihrer Träume. Und was bringst du, unterbrach sie sich selber, da für einen Korb, und was für eine Bewandtnis hat es mit einem, der dir nachgeschlichen ist, und von hinten her das Haus umlauert, nicht Mensch und nicht Tier, sondern irgendeiner unseresgleichen? – und sie hob die Nase und witterte in die Luft. Der Fischer gab ihr seiner Gewohnheit nach keine Antwort; er wickelte seine Netze auseinander. Schon hatte sie sich aber dem Korbe genähert, und indem ihre Augen das dichte Geflecht durchdrangen, antwortete sie sich selber. – Ein Richtschwert und ein blutroter Teppich! rief sie halblaut. Ist der Teppich für ihre Knie und das Schwert für ihren Hals? flüsterte sie und deutete auf die Schlafende; diese zuckte zusammen, als ob sie es gehört hätte. – Wer wird Richter sein? fragte das Weib weiter. Und soll sie vielleicht den Korb auf ihrem eigenen Kopf bis zur Richtstätte tragen? Ist es darum, daß du ihn hierher gebracht hast? – Sie ließ ab, auf die Hände zu spähen und heftete ihren Blick auf die Lippen der Färberin, die sich kaum wahrnehmbar bewegten. – Wie sie ergeben ist! rief die Alte. Lasset mich sterben, sagt sie, bevor die Sonne auf ist. Zündet nur keine Fackel an. Das Schwert blitzt ohnedies und der Teppich leuchtet von dem vielen Blut, das er getrunken hat, so wird niemand sehen, daß ich keinen Schatten werfe. – Zu wem spricht sie das? fragte die Alte neugierig ihren Mann, der sich auf den Hackstock gesetzt hatte und anfing, an einem Netz zu flicken. – Ei, sagte sie, und rückte der Schlafenden näher – jetzt betet sie, und küßt demütig eine große blauschwarze Männerhand. Mir geschehe, wie du willst, sagt sie, denn du bist mein Richter, und ich knie zwischen deinen Händen. Aber wisse, daß ich dich erkannt habe in der letzten Stunde meines Lebens, und daß du den Knoten meines Herzens gelöst hast. – Wer wird ihr Richter sein, gib mir Antwort! Den ganzen langen Tag bin ich allein, und gibt man mir einmal ein fremdes Wesen zur Gesellschaft, so ist's eine Schlafende, die den Mund nicht auftut. Wer wird zu Gericht sitzen über dieser da? – Das goldene Wasser! antwortete der Mann. – Das Wasser des Lebens? rief die Frau mit überraschtem Ton. Man hat mir noch nicht einmal gesagt, daß es in den Berg zurückgekommen ist. Ja kann es denn sprechen und ein Urteil verkünden? – Nein, aber es verwandelt, und das ist mehr. – Verwandeln! das ist eine Gabe wie eine andere, gab sie zurück. Verwandelt nicht der Alte, dein Stiefbruder, alles Feindselige, das ihm entgegentritt, in Tiere, die ihm gehorchen? Und ist es dir nicht wiederum gegeben, wenn du deine Arme ins Wasser tauchst, hervorzunehmen, was niemand hineingelegt hat! – Ja, aber das goldene Wasser verwandelt das Unsichtbare, sagte der Mann. – Es ist jemand am Fenster, flüsterte die Frau und hob sich blitzschnell vom Boden auf. Der Fischer trat vor die Schlafende hin und betrachtete sie. Sie seufzte im Schlaf, als wollte ihr die Brust zerspringen, und Tränen traten ihr unter den Wimpern hervor und liefen über die Wangen.

Als das Weib hinaustrat, war die Amme auf und davon. Fast schlimmer war ihr zumut als vor einem Jahr, als sie das Feenkind verloren hatte und nicht wußte, wie ihre Spur wiederfinden. Die Gegenwart des jungen Weibes hier im Bereich der Geister erfüllte sie mit einer unbestimmten beklemmenden Furcht. Sie hastete vorwärts und aufwärts. Nur mehr Felsen umgaben sie, zwischen denen es selbst für ein Wesen von ihren Gaben nicht mehr leicht war, sich zurechtzufinden. Doch wußte sie noch, wo sie war.

Nicht weit von hier mußte eine Kluft sein, darin sie

im vergangenen Jahr, dem verlorenen Kind mühselig
nachwandernd, die erste Nacht eine erträgliche Un-
terkunft gefunden hatte. Nun erkannte sie den tief
eingeschnittenen Hohlweg: aus ihm kam ein Luchs
hervor, der sich wartend nach hinten umsah, wie ein
Hund nach seinem Herrn. Sogleich sah sie auch den
weißgewandeten Alten hervortreten und an seiner Seite ein Lamm, das klug zu ihm aufblickte. Aber in dem
Großen, der breitspurig und langsam nun aus dem
Berg hervorkam und auf den der Alte wartete und ihm,
wie ein Führer dem Gaste, ehrerbietig die sicheren
Steinplatten zeigte, den mächtigen, des Gebirges ungewohnten Fuß aufzusetzen, erkannte sie den Färber
und ihr grauste; ihr war als ob ein Netz sich von wei-
tem her um sie zusammenzöge, dessen Maschen sie
nicht würde zerreißen können. Sie war seitlich zwischen Baumwurzeln und nackten Felsen emporge-
klommen, oben hängend hörte sie, was die beiden miteinander redeten. – Wann werde ich sie wiedersehen?
fragte der Färber, und ein mächtiger Seufzer drang
aus seiner Brust. – Wenn die Sonne über dem Fluß im
Steigen ist, antwortete der Alte. Sie redeten weiter,
abermals schlug der Name des goldenen Wassers an
ihr Ohr. Von Kindheit an war ihr vor diesem mächtigen Zauber eine scheue Furcht eingeprägt, sie wollte
das Wort nicht mehr hören, sie klomm von Baum zu
Baum, von Platte zu Platte. Sie meinte die Richtung
inne zu haben, aber das Geklüft wurde immer wilder,
die Bäume hörten jetzt auf: umsonst daß sie horchte.
Der Fluß rann tief unten ohne Rauschen hin, nirgends
war ein Zeichen, sie mußte sich eingestehen, daß sie

den Weg verloren hatte. Sie rief gellend den Namen ihres Kindes, nichts antwortete, nicht einmal ein Widerhall. Nur ein Nachtvogel kam auf weichen Flügeln zwischen dem Gestein hervor, stieß gegen ihren Leib und taumelte gegen die Erde. Da warf auch sie sich zu Boden und drückte das Gesicht gegen den harten Stein.

Die Kaiserin indessen stand allein zwischen den Bäumen und dem Felsen, beschattet von der Felswand, hinter der seitlich das Licht zu sinken anfing. Alles warf nun lange Schatten über den grünen Waldgrund hin, von ihr allein fiel keiner. Sie hatte sich der Felswand zugekehrt, sie meinte die Stelle wiederzuerkennen; es war die deutlichste Erinnerung aus einer frühen Zeit. Hier war ihr Vater mit ihr herausgetreten, hier hauchte er das Geheimnis der Verwandlung in sie hinein: sie fühlte sich Vogel werden zum erstenmal, fühlte sich aufschweben vor des Vaters Augen. Wenig von seiner Erscheinung konnte sie erinnern; er trug keine Krone, aber die Stirne selber glänzte wie ein Diadem, das ahnte ihr noch. – Vater, rief sie sehnlich, Vater, wo bist du? Das Wort verhallte. Sie kam sich eingeschlossen vor in ihren Leib wie gefangen. Unwillkürlich griff sie nach dem Talisman. Wie ein klares Licht durchzuckte es sie, sie begriff, warum und seit wann ihr die Verwandlung genommen war, und er, der sie so gestraft hatte, war ihr näher als je. In seiner Unnahbarkeit fühlte sie ihn, auf ihrer Stirne leuchtete ein Abglanz von ihm.

Sie hörte hinter sich ein spritzendes Geräusch, als

hätte jemand aus dem Wasser sich ans Ufer geschwungen. Ein Schauer lief ihr über den Rücken, sie wußte sich plötzlich nicht mehr allein und drehte sich jäh um. Ein großer Knabe stand da, zwischen ihr und dem Wasser, gedrungen, stark. Sie hätte glauben können den Färber vor sich zu sehen: die breitbeinige Gestalt, die gebuckelte Stirne, das krause schwarze Haar; er trug ein Gewand von wunderbar blauer Farbe, nicht so, als hätte man ein weißes Gewebe in die Küpe gelegt, darin sich die Stärke des Indigo und des Waid vermischten, sondern so, als wäre die Bläue des Meeresgrundes selbst hervorgerissen und um seinen Leib gelegt worden. Er blieb an seiner Stelle und verneigte sich vor ihr, die Arme über die Brust gekreuzt. Dann sah er sich im Kreis um, wie wenn er einen Zeugen dessen, was er zu sagen hatte, gefürchtet hätte: er wiegte den runden Kopf bedächtig gegen den Fluß. – Halte das Weib weg! rief er. Indessen hatte sein Gewand sich verändert: es glich jetzt dem nächtlichen Schwarzblau, bevor die ersten Strahlen der Sonne den Himmel erhellen. Ehe die Kaiserin ihm antworten konnte, war noch ein Wesen vor ihren Augen. War es aus den Bäumen herausgetreten, war es aus der Erde hervorgekommen – es stand da. Es war ein kleines Mädchen und von den zierlichen wie aus Wachs geformten Füßen bis zu dem dunklen wie Kupfer schimmernden Haar glich es der Färberin. Es tat seinen Mund auf im gleichen Augenblick, als es da war, und rief mit heller befehlender Stimme: Stelle dich zu deinesgleichen! Zugleich wie vor Ungeduld kam es näher an die Kaiserin heran; nicht mit Schritten, sondern es glitt auf dem grünen Grund heran wie auf Glas, mit geschlossenen Füßen, und keine Art sich zu bewegen hätte besser zu der Zartheit seiner Glieder und zu den Farben, in denen es glänzte, passen können. Hinter ihr aber trat nun eine Andere hervor, weit älter als sie, ja größer und mächtiger als der zuerst Gekommene. Stumm stand sie da, einen Blick wie eines Tieres auf die Kaiserin geheftet, an ihr hingen drei kleine Knaben und auch das Mädchen glitt zurück zu ihr, alle vier drückten sie sich an die große Schwester. Von dieser konnte die Kaiserin keinen Blick verwenden: wie sie nun die Kinder an sich drückte, mit sanften Händen und sorglichen Blicken, wie ein Vogel seine Brut, glich ihre Güte der Güte des Färbers, aber wenn sie herüber sah mit einem kühnen und scheuen Blick, so war es der Blick der Färberin. Wunderbar war sie aus beiden gemischt, und doch kein Zug von keinem: nur die Vereinigung beider. Die Kaiserin fühlte ihr Herz pochen, es zog sie hinüber zu diesem Wesen – da war die Gestalt dahin. Der Bruder allein stand da, er schien zu warten, daß die Kaiserin ihn anrede. – Ihr bringt mir eine Botschaft? – rief sie, und lächelte ihm zu. Tief und dunkel glühte sein Gewand auf aus dem Violetten ins Rote. Die Farbe schien aus der Ewigkeit her zu ihm zu kommen, so auch die Antworten, die langsam in ihm aufstiegen und zögernd den Rand seiner Lippen erreichten. – Wir bestellen nichts, wir verkünden nichts. Daß wir uns zeigen, Frau, ist alles, was uns gewährt ist. – Wo ist die andere? fragte die Kaiserin; ihr Blick deutete mit Begierde nach den Bäumen, zwischen denen das Mädchen gestanden hatte. – Da und nicht da, Frau, wie es dir belieben wird! sagte er und hob sich aus seiner leicht geneigten Haltung; seine Mächtigkeit wurzelte auf seinen gewaltigen Füßen in der Erde und sein Gewand war wie Blut, das sich in Gold verwandelt; alle Bäume empfingen von ihm die Bestätigung ihres Lebens, wie vom ersten Glanz der aufgehenden Sonne. – Gibt es ein Drittes? fragte die Kaiserin. – Die Vereinigung der beiden, kam es von den Lippen des Knaben. – Wo geschieht diese? – Im entscheidenden Augenblick. Die Kaiserin tat einen Schritt auf ihn zu. – Führet mich zu denen, von denen ihr wisset, sagte sie. – Nicht wir sind es, die dich führen werden, sondern andere, gab er zur Antwort. – So bringet sie zu mir! rief die Kaiserin. – Der Knabe sah sie blitzend an aus den Augen der Färberin mit dem Blick des Färbers. Er hob mit sanfter Strenge die Hand gegen sie und glich jenem, seinem Vater, wie ein Spiegelbild dem Gespiegelten; denn es schienen Sprüche der Weisheit und der Erfahrung in ihm aufzusteigen, die über die schweren Lippen nicht zu dringen vermochten, und sich stumm entluden in den Gebärden der Arme und in der weisen Entsagung der halbgehobenen Schultern. Die Farbe seines Gewandes sank aus dem Rot in das Violett, gleich einer Wolke am dunklen Abendhimmel. – Nicht dir werden sie vorgeführt werden, Frau, sondern du wirst vorgeführt werden, und dies ist die Stunde. – Die Kaiserin trat hinter sich. – Wer richtet über mich? fragte sie leise. – Versammelt sind die Unsichtbaren, Frau, wie es dir nun belieben mag! sagte er und verneigte sich ernst vor ihr; ein Todesurteil hätte er nicht ernster verkünden können. Dunkel war wieder sein Gewand, wie der nächtliche Himmel ohne Sterne. – Die Kaiserin holte tief Atem. – Ich hab mich vergangen, sagte sie. Sie senkte die Augen und richtete sie gleich wieder auf ihn, der mit ihr sprach. Das Wesen horchte, antwortete nicht sogleich. Die Seele trat in seine Augen; er schien die Worte zu liebkosen, die aus ihrem Mund kamen. – Das muß jeder sagen, der einen Fuß vor den andern setzt. Darum gehen wir mit geschlossenen Füßen. – Der Hauch eines Lächelns schwebte in seiner Stimme, als er das sagte; aber sein Gesicht blieb ernst, und in nichts glich er dem Färber mehr als in diesem tiefen Ernst seiner Miene. – Kann ich ungeschehen machen? rief die Kaiserin. Ihre Augen hingen an seinem Mund, ihre Ehrfurcht vor ihm, der so mit ihr sprach, war nicht geringer als die seine vor ihr. – Das goldene Wasser allein weiß, was geschehen ist und was nicht, gab er zurück. – Ist es meinem Vater untertan? fragte sie. – Die großen Mächte lieben einander, sagte das Wesen kurz. Es war, als flöge ein Schatten von Ungeduld über sein gewaltiges Gesicht. – Dürft ihr mir nicht mehr sagen? rief sie. – Laß mich antworten! rief eine helle Stimme. Sogleich war Einer von den Kleinen vor ihr, sogleich der Zweite neben ihm. Der Erste, der so begierig war zu antworten, glich mit dem dünnen Mund und der hohen schmalen Stirn dem jüngsten Bruder des Färbers. Aber er glich ihm auch wieder nicht, denn er hatte gerade Glieder und einen glatten Rücken, und statt der armseligen Gewandung des Buckligen umgab ihn ein Kleid in herrlichen Farben, als wären sie von den

Brustfedern eines Paradiesvogels genommen. Der Zweite reckte ein Ärmchen gegen sie, das ohne Verhältnis lang war, wie das des Einarmigen, und er heftete die runden Augen des Färbers auf sie, und sein reizender Mund, der auch verlangte zu sprechen, zuckte zauberisch, wie der Mund der Färberin. Unbeschreiblich waren die Farben, in die er gekleidet war; er glich einem Blumenstrauß, gepflückt am frühen Morgen. – Merke Frau, rief der Erste, alle Reden unserer Mutter geschehen in der Zeit, darum sind sie widerruflich – aber deine, fiel der Zweite ein, deine wird geschehen im Augenblick und sie wird unwiderruflich sein: so ist dein Los gefallen. – Von welchem Augenblick redet ihr? rief die Kaiserin. – Von dem einzigen! – rief das kleine Mädchen und flammte heran. – Was muß ich tun? fragte die Kaiserin, und heftete ohne Atem ihre Augen auf die drei Kinder. – Im Augenblick ist alles, der Rat und die Tat! rief ein kleiner breiter Mund, wie aus dem Mund des Färbers herausgeschnitten, über einem breiten Leib, um den ein korallenroter Schurz wehte, unter einem Wust von schwarzem Haar, dicht wie ein Gebüsch: das vierte Kind war zwischen die drei hineingeflogen, sie umschlangen einander an den Hüften und an den Schultern; sie standen lächelnd da und glichen in der Buntheit ihrer zauberischen Gewänder und im Glanz ihrer Augen, die sie wechselnd senkten und aufschlugen, einer blühenden Hecke in der dunkeläugige Vögel nisten, und sie wiegten sich in einer Art von stillem Tanz vor der Kaiserin hin und her wie eine Hecke im Abendwind. – Wer ist meinesgleichen? fragte die Kaiserin schnell, denn sie sah, wie die Wesen

sich voneinander lösten und wie sie mit einem schalk-
haften Lächeln zu verschwinden drohten. – Wir doch,
Frau, und die, mit denen wir eins sind! riefen sie und
waren schon dahin, keine Wimper hätte können so
schnell sich schließen. – Laßt mich euch noch einmal
sehen! rief die Kaiserin und heftete in sehnlicher Erwartung den Blick auf die Stelle, wo das große Mädchen gestanden hatte. Sie hatte es noch nicht ausgesprochen, so stand die Große drüben bei den Bäumen
und aus der Luft glitten die kleinen Geschwister ihr an
die Brust und an ihre Hüften und schmiegten sich an
ihre Knie wie an die Knie einer Mutter.

Ein Wind wie ein langgezogener Atem kam jetzt
aus dem Berg hervor und das Laub fing an, heftig zu
zittern. Die laue Luft zwischen den Bäumen und dem
Fluß veränderte sich in feuchte Kühle wie in einem
Grabgewölbe. Den Leib aller dieser Kinder durchlief
eine solche Angst, daß die Kaiserin mit ihnen erschrak
bis ins Innerste. Das große Mädchen bückte sich, sie
preßte die Kinder an sich; ihr Leib deckte alle zu.
Angstvoll schickte sie die Blicke nach allen Seiten; als
wären ihre Hände verdoppelt, so faßte sie alle die Leiber der Kinder zugleich. Aber sie schwanden ihr zwischen den Händen dahin: mit sterbenden Mienen hingen sie ihr im Arm, dann zergingen sie gräßlich in der
Luft wie farbiger Nebel, der ihren Leib umflatterte.
Gruben waren in dem Gesicht der Großen, graue
Schatten des Todes; ihre Augen, wie aus dem Jenseits,
sahen in die Augen der Kaiserin; der schwoll das Herz
dumpf, sie mußte ihre Hände darauf drücken. Jetzt
deckte der Bruder seinen Mantel, der schwarz war wie

die Nacht, über die sich auflösende Miene der Schwester, die im Vergehen dem wahrsten Gesicht der Färberin glich wie nie zuvor. So glich nun sein gealtertes
schwergewordenes Gesicht völlig dem Gesicht des
Färbers; er zog den Mantel über seinen Kopf und verhüllte sich selber.

– Werde ich euch wiedersehen? rief die Kaiserin;
das Gefühl der Schuld umschloß ihr Herz mit Ketten,
sie fühlte sich an jene geschmiedet, in deren Dasein sie
ungerufen hineingetreten war. Der Verhüllte deutete
stumm gegen den Berg. Sie schloß die Augen.

Als sie sie wieder aufschlug, waren die Gestalten
dahin; ein bläulicher Glanz erhellte die Dämmerung
zwischen den Stämmen. Der Bote stand da. Noch war
ihr der Sinn benommen, sie sah ihn ohne ihn zu sehen.
Er wartete, dann neigte er sich gemessen vor der Kaiserin. Er wendete sich sogleich und winkte ihr: er trat
in die Felswand hinein und die Kaiserin folgte ihm.
Der Weg drehte sich mehrere Male und es war nur
der bläuliche Widerschein auf den glatten Wänden,
der sie leitete. Mit eins sah sie den Schein und die
Gestalt zur Seite verschwinden: als sie an die Stelle
kam, war dort nichts. Vor sich aber gewahrte sie eine
andere Erhellung und ging darauf zu. Sie stand in
einem runden hohen Raum; hinter ihr schloß sich der
Stein. Hoch oben in einem metallenen Ring hing eine
Fackel; sie leuchtete stark und gab im Verbrennen
einen wunderbaren Duft. Nichts war sonst in dem
kreisrunden Raum als eine niedrige Bank aus einem
dunkelleuchtenden Stein geschnitten, die ringsum lief.
Die Kaiserin sah, daß es ein Bad war, in das man sie

geführt hatte, aber schöner und fürstlicher als selbst
die schönste der Badekammern in ihrem eigenen Palast. Sie verlor sich, aber nur einen Augenblick, in dem
Gefühl der unerwarteten, geheimnisvollen Einsamkeit
und in der Betrachtung des wunderbaren Beckens, an
dessen Rand sie stand. Dieses glich dem Gestein, aus
dem die Wände geschnitten waren, es leuchtete auch
von Zeit zu Zeit auf, es waren nicht funkelnde Adern,
sondern ein dumpfes Aufleuchten in der ganzen Masse, wie Wetterleuchten im dichten, gestaltlosen Ge-
wölk, und die Kaiserin hätte nicht ohne Furcht den
Fuß auf diesen Grund gesetzt. Zugleich aber kam ein
himmlisches Wohlgefühl über sie, als dränge es mit
dem Duft der Fackel in alle ihre Glieder. Sie sank auf
den Rand des Beckens hin, in Scheu und Erwartung,
wie eine Braut. Ihr Geliebter mußte ihr ganz nahe
sein, er mußte ihr näher sein, als sie wußte. Immer war
er zu ihr gekommen, nun kam sie zu ihm, an dieser
auserkorenen Stätte. Sie dachte es und ein Ach! kam
über ihre Lippen, schamhaft und sehnsüchtig zugleich, und der klanggewordene Hauch aus ihrem
eigenen Mund machte, daß sie erglühte von oben bis
unten. Ihre Glieder lösten sich, sie streckte die Arme
gegen das Becken, der Boden schwankte hin und her,
wie ein finsterer von unten erhellter Nebel; von unten
stieg ein Schwall von dunklem, goldfarbenem Wasser
jäh empor, fiel wieder jäh hinab mit einem dunklen
Laut wie das Gurren von Tauben. Sie hätte sich hinein-
stürzen mögen in dieses dunkelleuchtende Auf und Ab,
wie in einen liebenden Blick. – Komm, komm! rief sie,
das goldene Wasser stieg in einem mächtigen Schwall

nach oben, die Säule gab, wie das Licht der Fackel sie berührte, einen schwellenden Klang, der ihr vor Süßigkeit fast das Herz spaltete. Jetzt sank der Schwall in sich zusammen, wurde ganz golden leuchtende Fläche, er füllte das Bad, ein goldener Nebel spielte darüber hin. In der Mitte der Kern von Finsternis, den die Säule emporgerissen hatte, lag still: er schien lastend wie ein mitten in den Teich gebautes Grabmal aus Erz. Gebettet auf einen viereckigen dunklen Stein lag die Statue da. Sie war aller Waffen entkleidet, nur den leichten Jagdharnisch trug sie noch, wie zum Schmuck; aber selbst die silbergeschuppten Beinschienen, die vor den Hauern eines Ebers oder den Zähnen eines Luchsen schützen konnten, waren weg und die Beine nackt und völlig wie Marmor: so auch die Schultern und der Hals, von denen der Mantel abgefallen war.

Die Kaiserin schrie auf, sie warf sich hinein in das goldene leise wogende Becken; wie ein Schwan mit gehobenen Flügeln rauschte sie auf den Geliebten zu. Sie bog sich über ihn, aber zu küssen wagte sie nicht. Er lag still und unsäglich schön unter ihr, aber unsäglich fremd. Jeder Zug war da, Mann und Jüngling, der Fürst, der Jäger, der Geliebte, der Gatte, und nichts war da. Sie lehnte über ihm, sie wußte nicht wie lang; sie regte sich nicht. Sie glich selbst einer Statue, dem Teil eines Grabmals. Ihr Atem bewegte nicht die Brust, ihr Auge verriet nicht, was sie fühlte; zwei kristallene Tränen fielen nieder.
Die Fackel leuchtete stärker und stärker, sie zog den goldenen Nebel in sich, der von dem Wasser aufstieg, bald hatte sie ihn ganz aufgezehrt: nur mehr um die

Sohlen der Kaiserin spielte das goldene Wasser, dessen Berührung nicht netzte, bald war es ganz dahin. Halb unbewußt war der Kaiserin scheu vor der Gegenwart dieses Lichtes droben, wie vor der eines lebenden Wesens; sie zog den Mantel an sich, sie sollte ihn über sie beide decken, sie wollte und hob den Arm und tat es nicht. In solcher Nähe drang von der Statue ein Etwas auf sie ein, es war nicht Kühle, nicht Kälte, aber das Gefühl einer unnahbaren Ferne, wie eine aufgetane Kluft, aber ins Unendliche: je näher je ferner. Nun hob die Statue sich auf, langsam und sonderbar, wie nie ihr Geliebter sich aufgehoben hatte, wenn er in ihrem Bette erwacht war. Er stützte sich auf den einen Arm, die Augen schlugen sich mühsam auf, der Blick begegnete dem starren, angstvoll hingerichteten Blick, er streifte über die Kaiserin hin, fremd und gräßlich. Er ließ sie wieder, wendete sich über die Schulter nach der Fackel hin. Mehr und mehr unter dem furchtbaren Blick der Statue drängte sich jetzt das goldene Licht, das aus der Fackel strömte, nach der einen Seite des runden Gemaches zusammen, auf der andern breitete sich eine bräunliche Dämmerung, in die der scharfe Schatten der sitzenden Statue hineinfiel.

Die Statue sah jetzt auf ihren eigenen Schatten hin und drehte langsam den Kopf herum, dorthin, wo die Kaiserin stand; sie suchte den Schatten der Kaiserin. Die Kaiserin wich zurück, sie stand zwischen dem Licht und der Wand und doch glänzte hinter ihr die Wand in vollem Licht, stärker als an irgendeiner andern Stelle, sie fühlte es wohl. Die Augen der Statue, als sie es gewahrte, erweiterten sich. Furchtbar wurde die Miene, die sich anspannte, drohte und doch nicht lebte. Es war, als müßte nun und nun ein gräßlicher Schrei die versteinte Brust zerreißen. Die Kaiserin konnte es nicht mehr ertragen, sie wandte matt ihren Kopf zur Seite. Da drang ein bläulicher Schein aus der Wand heraus an der gleichen Stelle, wo sie selber eingetreten war; als stünde dort der Geisterbote; ein Schatten trat hervor und huschte zu ihr herüber. Jetzt sank er zu ihren Füßen hin, das unerkennbare Antlitz bog sich nach unten und berührte wie ein Hauch ihr Knie; ihr schauderte; sie wußte, es war der Schatten des fremden Weibes, der ihr verfallen war. Die Schattenarme reckten sich empor zu ihr, die Hände mit nach oben gewendeten Flächen: es war die Gebärde des Sklaven, der sich völlig dahingibt, auf Leben und Tod. Das kniende Wesen zitterte dabei wie Espenlaub, und die Kaiserin selbst bebte bis ins Innerste. Die Handflächen schoben sich aneinander, auf ihnen ruhte eine runde Schale mit goldenem Wasser. Der Schatten hob die Arme höher und bot zitternd den Trunk dar und mit dem Trunk sich selber. Der Kaiser hatte sich völlig aufgerichtet, stützte sich nur mehr auf den linken Arm, den rechten hatte er vorgestreckt, in namenloser Begierde und Ungeduld. Seine Augen hafteten an der Hand seiner Frau, mit einem Ausdruck, in dem sich Hoffnung und Verzweiflung verknäulten wie kämpfende Schlangen. Die Kaiserin bog den Arm: sie hatte die Schale gefaßt, ohne es zu wissen. Er folgte ihrer Bewegung mit einer solchen Beseligung, daß sich sein Gesicht verwandelte, wie eines Liebenden in der Entzückung. Sie fühlte, wie sie die Sinne verlieren

und trinken würde. Aber wie fest ihr Blick auch auf
dem wunderbaren flüssigen Feuer haftete, das ihren
Lippen so nahe war, so sah sie doch aus dem Winkel
des Auges, daß hinter ihr die Wand sich abermals ge-
öffnet hatte, aber an der entgegengesetzten Seite, als
wo der Schatten eingetreten war, und daß eine verhüllte Gestalt hinter ihr stand. Ein Gewand floß nieder, dunkler als der sternlose Himmel um Mitter-
nacht; der Dastehende rührte kein Glied. Sie sah ihn,
ohne ihn zu sehen, und sie fühlte in der Tiefe ihrer
Eingeweide, daß die Gestalt, wenn sie ihre Verhüllung
abwürfe, die Züge Baraks des Färbers enthüllen würde, dem sie vor dreien Tagen ungerufen über die unschuldige Schwelle des Hauses getreten war, und daß
er seine Augen auf sie richten würde, gespiegelt in
der Miene seines ältesten ungeborenen Sohnes. Sie
drückte die Schale an sich, da fühlte sie, wie sich unter
ihrem Gewand der Talisman an ihrer Brust verschob:
gräßlich und fremd wie aus der Brust eines Tiefschlafenden schlug aus der Tiefe ihrer eigenen Brust der
Fluch an ihr Ohr: Zu Stein auf ewig wird die Hand,
die diesen Gürtel löste, wofern sie nicht der Erde mit
dem Schatten ihr Geschick abkauft, zu Stein der Leib,
zu dem die Hand gehört – sie hörte innen ihr eigenes
Herz schwer und langsam pochen, als wäre es ein
fremdes. Sie sah mit einem Blick, als schwebe sie
außerhalb, sich selber dastehen, zu ihren Füßen den
Schatten des fremden Weibes, der ihr verfallen war,
drüben die Statue. Das furchtbare Gefühl der Wirklichkeit hielt alles zusammen mit eisernen Banden.
Die Kälte wehte zu ihr herüber bis ins Innerste und

lähmte sie. Sie konnte keinen Schritt tun, nicht vor-
noch rückwärts. Sie konnte nichts als dies: trinken und
den Schatten gewinnen oder die Schale ausgießen. Sie
meinte, vernichtet zu werden und drängte sich ganz in
sich zusammen; aus ihrer eigenen diamantenen Tiefe
stiegen Worte in ihr auf, deutlich, so als würden sie
gesungen in großer Ferne; sie hatte sie nur nachzu-
sprechen. Sie sprach sie nach, ohne Zögern. – Dir Barak bin ich mich schuldig! sprach sie, streckte den Arm
mit der Schale gerade vor sich hin und goß die Schale
aus vor die Füße der verhüllten Gestalt. Das goldene
Wasser flammte in die Luft, die Schale in ihrer Hand
verging zu nichts, alles, was den Raum erfüllt hatte,
war dahin, die Statue allein lag wie finsteres Erz auf
dem schwarzen Stein, und droben die Fackel leuchtete
gewaltig. Von unten her fing ein Beben an, ein mächti-
ges Tosen, von steigenden und stürzenden Gewässern.
Der Schwall brach herauf und ergriff die Kaiserin und
riß sie nach oben. Die Fackel hatte sich in das goldene
Wasser hineingestürzt und durchdrang die dunkelleuchtende Finsternis mit Licht, abwechselnd über-
flutete strahlende Helligkeit und tiefe Nacht das Gesicht der Kaiserin. Sie fühlte sich steigen und steigen,
etwas Dunkles stieg neben ihr, es war die Statue, die
der unwiderstehliche Schwall so schnell wie ihren
leichten Leib hinauftrieb. Nun lag sie mit der Statue
Brust an Brust, die steinernen Arme schlossen sich um
sie zusammen, ein Blick von nächster Nähe traf sie
aus den steinernen Augen, so jammervoll, daß er ein
steinernes Herz hätte erweichen können. Die furchtbare Last hing an ihr; sie selbst schlang die Arme um

den Stein, sie umrankte ihn ganz, das Steigen hörte
auf, sie fühlte sich hinabgerissen ins Bodenlose. Die
glatte, furchtbar fremde Natur des Steins drang ihr ins
Innerste. Vor unbegreiflicher Qual zerrütteten sich ihr
die Sinne. Sie fühlte den Tod ihr eigenes Herz über-
kriechen, aber zugleich die Statue in ihren Armen sich
regen und lebendig werden. In einem unbegreiflichen
Zustand gab sie sich selbst dahin und war zitternd nur
mehr da in der Ahnung des Lebens, das der andere
von ihr empfing. In ihn oder in sie drang Gefühl einer
Finsternis, die sich lichtete, eines Ortes, der aufnahm,
eines Hauches von neuem Leben. Mit neugeborenen
Sinnen nahmen sie es in sich: Hände, die sie trugen,
ein Felsentor, das sich hinter ihnen schloß, wehende
Bäume, sanften festen Grund, auf dem die Leiber gebettet lagen, Weite des strahlenden Himmels. In der
Ferne glänzte der Fluß, hinter einem Hügel ging die
Sonne herauf, und ihre ersten Strahlen trafen das Gesicht des Kaisers, der zu den Füßen seiner Frau lag,
an ihre Knie geschmiegt wie ein Kind.

Seine Augenlider zuckten unter dem scharfen Licht,
das durch das Gezelt der Bäume hereinbrach; die Kaiserin erhob sich leise, sie trat zwischen den schlum-
mernden Liebsten und die Sonne. Sie bog sich schüt-
zend über seinen Schlaf wie eine Mutter, und warf
stille, große Blicke auf ihn herab. Mit süßem Staunen
hatte sie erkannt, daß nichts mehr an der schmiegsa-
men atmenden Gestalt an die fürchterliche Statue erin-
nerte. Ein unaussprechliches Entzücken durchfuhr sie
aber nun, und ein Schrei drang über ihre Lippen: denn
ein schwarzer Schatten floß von ihr über den Liegen-

den, über den Waldboden hin. Über dem Schrei schlug der Kaiser die Augen zu ihr auf, unerschöpfliches Leben war in seinem jungen Blick, in dessen tiefsten Tiefen nur blieb der erlebte Tod als ein dunkler Glanz früher Weisheit. Sie hob ihn zu sich auf, sie umarmten einander ohne Wort, ihre Schatten flossen in eins.

Unter ihnen an einer geborgenen Uferstelle lag der Kahn und schien auf einen Fährmann und auf Reisende zu warten. In diesem Augenblick näherte sich vom einen wie vom andern Ufer eine Gruppe von Gestalten dem Fluß, langsam die eine, aus zwei Gestalten bestehend, schneller die andere, ein Mann und zwei Frauen, von denen die eine auf dem Kopf einen länglichen Korb trug. Die Sonne erleuchtete alle fünf. Von der Korbträgerin allein fiel kein Schatten auf die tauglänzende Weide, über die sie hingingen; fahl war ihr Gewand wie ihr Gesicht und ihr Tritt unsicher. – Sieh, mein Falke! sieh, auch er! rief der Kaiser, der die Landschaft und die Gestalten gar nicht sah, mit solchem Entzücken hing sein Auge immerfort an dem leuchtenden Gewölbe des Himmels, wo über dem rötlich glänzenden Grat eines Berges der wunderbare Vogel kreiste. Ein Wasserfall leuchtete unter ihm. Zwischen dunklen Felsen, hohen, dunklen Stämmen schwebte aus dem Bergesinnern ein bläulicher Schein hervor. Der Geisterbote glitt an der steilen Bergwand herab, jetzt riß sich unter seinen Füßen etwas Dunkles los und flog blitzschnell auf das Ufer zu und über den Fluß. Sausend flog der Schatten der Färberin auf seine Herrin zu, und schlug zu ihren Füßen hin. Sie wußte

nicht, was es war, das da hinschlug, ihr zum Letzten
bereites Herz nahm alles nur traumhaft mehr auf. Nur
ihr Körper taumelte, und die Frau des Fischers, die
neben ihr ging, mußte sie stützen. Der Korb schwankte auf ihrem Kopf. Seine Umrisse wurden unbe-
stimmt, wie ein schwärzlicher Dunst; aus diesem blitzte wechselweise das Schwert und leuchtete das Blut,
dann löste sich alles in ein wunderbares Spiel von Farben auf, als wäre ein zusammengeballter Regenbogen
in dem Korb gewesen. Die Farben glitten wie Flammen an der Färberin herab, das zarteste Grün, ein feu-
riges Gelb, Violett und Purpur; sie spielten an ihrem
Leib und offenbarten die ganze Herrlichkeit der Sonne, dann schwanden sie in das Weib hinein, schneller
als Worte es sagen können. Die Fischerin schlug vor
Staunen in die Hände. Bunt stand die Färbersfrau da,
geschmückt wie eine Meereskönigin. Zugleich trat die
Farbe des Lebens in ihr Gesicht, ihre Augen leuchteten wie die eines jungen Rehes über den Fluß hinüber;
zur Erde blickte sie nicht, sie ahnte nicht, daß ihr
Schatten zu ihr zurückgekehrt war. Jetzt erkannte vom
andern Ufer der Färber sein Weib. – Nimm den
Kahn! rief der Alte ihm zu, aber der Färber hörte es
nicht; er war vom Ufer in den Fluß hinabgesprungen,
schon war er drüben, schwang sich am Rand empor.
Das junge Weib, wie sie vor sich seinen gewaltigen
Kopf auftauchen sah, schrie auf in Angst. Sie riß sich
von ihren Führern los und lief querfeldein. Sie wähnte
sich noch ohne Schatten, gräßlich bezeichnet, nun
kam ihr Richter auf sie zu. Sie wollte sich verbergen,
nirgend war ein Baum oder ein Strauch. In großen

Sprüngen sprang er ihr nach, mit ausgebreiteten Armen; von seinen Lippen floß ein ununterbrochener Schrei der Liebe und Zärtlichkeit. Sie fühlte ihn dicht hinter sich, in ihrer Todesangst wandte sie den Kopf, den Vorsprung zu messen, den sie noch hatte, da sah sie zwischen sich und ihm ihren Schatten, der hinter ihr flog. Vor Seligkeit warf sie die Arme in die Luft, die Arme des Schattens flogen auf vom Grund und glitten zu den Knien des Färbers empor, denn schon stand er da. Ohne Atem stand sie vor ihm, ihr Herz riß sie fast zu Boden. Er drückte die Hände vor der Brust zusammen und neigte sich vor ihr. Wie ein Stein schlug sie vor ihm hin, ihre Stirne, ihre Lippen berührten seine Füße. Ihr ganzes Selbst drang in einem Schluchzen aus ihr heraus, sie erstickte alles in der Gebärde der Demut, so wie sie unter sich ihren Schatten zusammendrückte, auf dem sie lag.

Dem Kaiser stürzten Tränen aus den Augen: wie dort die Färberin vor ihrem Mann warf er sich in den Staub vor seiner Frau und verbarg sein zuckendes Antlitz an ihren Knien. Sie kniete zu ihm nieder, auch ihr war zu weinen neu und süß. Sie begriff zum erstenmal die Wollust der irdischen Tränen. Verschlungen lagen sie da und weinten beide: ihre Münder glänzten von Tränen und Küssen.

Der weiß gewandete Alte indessen war von der einen Seite, der Fischer und seine Frau von der andern auf den Kahn zugekommen. Der Alte stieg hinein, die Fischersleute wateten von drüben auf sie zu, das Wasser reichte ihnen bis über die Brust. Im Wasser han-

gend, reichten sie aus dem Wasser dem Alten herrli-
che Dinge in den Kahn, glänzende Gewebe, metallene
Schüsseln und Geräte, bunte große Vögel und Früch-
te, in ganzen Körben, als wären da unten Bergwerke,
Forste und Fruchtgärten, in die ihre Hände nach Belieben hineingriffen. Der Alte hatte Mühe alles aufzu-
stauen, so schnell hoben sie die gefüllten Arme zu
ihm; der Kahn füllte sich und ging fast über, aber er
wuchs, indem der Alte immer eilig von einem Ende
zum andern hin und her ging. Bald war er so groß wie
ein Salzschiff, die aus dem Gebirge gegen die Ebene
fahren, und beladen mit Hausrat, um ein großes Haus,
zweiflügelig gebaut, in zwei Stockwerken übereinan-
der, herrlich auszuschmücken, und mit prächtigem
Geflügel, bunten Fischen und Früchten, genug um
eine gewölbte, von lebendigem Wasser durchlaufene
und mit riesigen Hängestangen und tausend Haken
versehene Speisekammer auf ein Jahr zu füllen.

Die Hände des Färbers hatten sein Weib vom Boden aufgenommen, mit einem gewaltigen Griff nach
der Mitte ihres Leibes, der wie eine wilde unbezähmte
Liebkosung war, und er riß sie über sich empor, so
daß sie den Atem verlor und das Herz ihr stockte, und
trug sie hoch über sich gegen das Ufer hin. Er warf
den Nacken zurück, um sie, die er über sich trug, zu
gewahren und sie mit den Blicken unablässig zu liebkosen, und er hob seine Knie unter der Last wie einer,
der tanzen will, so daß sie vor Schreck in sein dichtes
Haar griff und sich daran festhielt. Aus ihrem Mund
drangen kleine Schreie von Ängstlichkeit und Lust,
indessen ihr die Tränen über die Wangen hinabran-

nen. Kaum näherte er sich mit seiner bunten Last dem Ufer, so kam der hochbeladene Kahn mit großem Tiefgang und gewaltigem Rauschen von drüben auf ihn zu, indessen der Fischer und sein Weib neben ihm schwammen. Der Alte war am andern Ufer zurückgeblieben. Der Färber warf sein Weib auf die aufgetürmten Teppiche; er sprang selber hinein, und indem er sogleich wieder den linken Arm um sein Weib legte, ergriff er mit dem rechten das gewaltige Steuerruder, das der Fischer von hinten eingelegt hatte. So fuhren sie auf dem Mantel der Amme flußabwärts. Der Kahn leuchtete in allen Farben der Schöpfung und der Färber sang, wie ihn nie jemand hatte singen hören, weder seine Eltern noch seine Nachbarn, als er ein Junggeselle war, noch auch seine junge Frau in den dreißig Monden ihrer Ehe. Der Alte und der im blauen Harnisch vom einen Ufer, die Fischersleute vom andern, sahen ihnen nach, und der Kahn hinterließ im Glanz der Sonne, die höher und höher stieg, eine goldene Spur auf dem flimmernden Wasser.

Hoch über dem Fluß kreiste der Falke. Der Blick des Kaisers hing an ihm lieber als an dem Prachtschiff. Höher ins Unersteigliche riß sich der Vogel empor, leuchtende Himmelsabgründe enthüllte sein Flügel; des Kaisers Blick war über die Trunkenheit erhöht, so waren seine Glieder übertrunken von der Nähe der herrlichen Frau, in deren Arme er sich drückte. Ober ihm und unter ihm war der Himmel. Sein Blick flog zwischen den Wimpern dem Vogel nach; da sah er drüben gegen Norden, wo die Hügel noch dunkler und ernster standen, die Seinigen heranziehen. Er gewahrte die Pferde, die Hunde, die Falken, eine hohe Sänfte schwankte daher, wie ein von Flammen umgebenes Lustgemach: so glänzte die Sonne auf ihren goldenen Zieraten. Die Kaiserin lag in seinem Arm, ihr schwimmender Blick ging nach aufwärts: sie fand nicht den Falken im höchsten strahlenden Haus des Himmels, aber sie hörte von dorther einen Gesang. Unbegreiflich fanden zarte Worte, leise Töne den Weg aus dieser Höhe zu dir.

Vater, dir drohet nichts,
Siehe, es schwindet schon,
Mutter, das Ängstliche,
Das dich beirrte!
Wäre denn je ein Fest,
Wären nicht insgeheim
Wir die Geladenen,
Wir auch die Wirte?

Die schwebenden Worte sanken in sie wie Tauperlen. Das Herz zitterte ihr, und die freien Hände – denn der Kaiser war im Übermaß des Glücks zu ihren Füßen hinabgesunken – falteten sich ihr in der Bewegung des Staunens über dem Leibe. Sie wagte kaum zu fassen, was sie doch hörte, kaum zu begreifen. Sie wußte nicht, daß auf dem Talisman an ihrer Brust längst die Worte des Fluches ausgetilgt und ersetzt waren durch Zeichen und Verse, die das ewige Geheimnis der Verkettung alles Irdischen priesen.